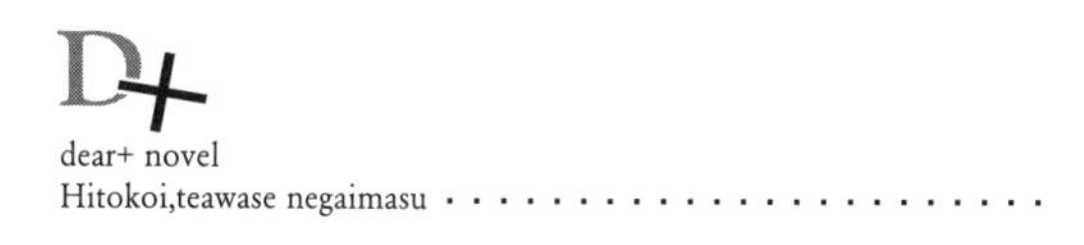

ひと恋、手合わせ願います

椿姫せいら

新書館ディアプラス文庫

ひと恋、手合わせ願います

contents

illustration : コウキ。

ひと恋、手合わせ願います

Hitokoi,
teawase
negaimasu

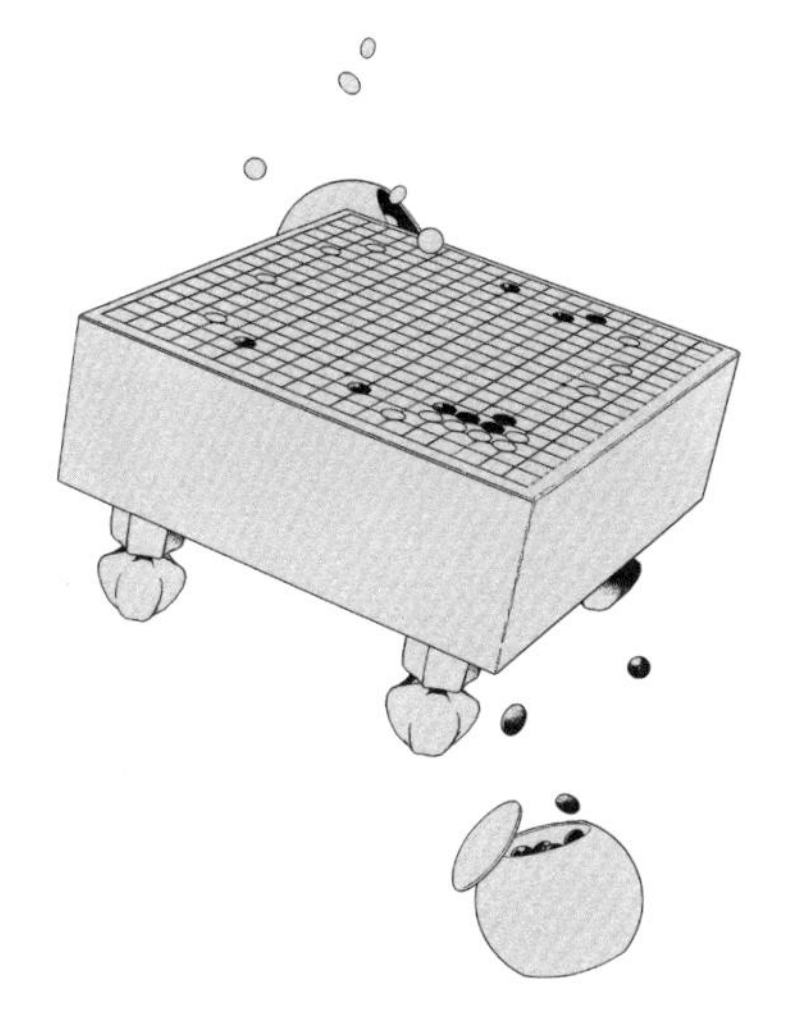

阿久津春光という男は、囲碁界の星であった。

父親の趣味が囲碁だったことから、幼いころより囲碁と触れあい、小学校低学年で出場した子ども向けの囲碁大会でのちの師匠となる棋士に実力を見いだされ弟子入りし、その後わずか一年で院生入りした。そして、ごく少数の者しか入ることを許されない囲碁棋士育成機関の院生時代でも、つねにAクラス一位をキープ。厳しい修行時代で、脱落する者が後を絶たない中、阿久津だけは実力も自信もぶれることなく、まさに鳴り物入りでプロ入りを果たしたのが十三歳のときだった。さらには十七歳で初のタイトルを獲得——これは囲碁界史上最年少記録で、当時日本中を大きく騒がせた。

そんな伝説につぐ伝説を打ち立て、ベテランの年齢と言われる三十三歳となった阿久津九段の今はというと——。

「……」

棋院会館で行われている対局まっただ中、碁盤とにらめっこする阿久津の顔は、いつもの無愛想に輪をかけて厳しい。意味もなく何度も眼鏡をカチャカチャと押さえたり、対局の邪魔にならないよう後ろに流した黒髪を撫でつけたりしながら、目の前の苦境を打破する手を考えるが——一向に浮かばない。勝負服と決めている藍色の羽織袴の下で冷や汗が滲みだしたころ、阿久津はがくりとうなだれ、この世で一番嫌いな言葉を口にした。

「………ありません」

もう打つ手がない――負けを認める一言。

囲碁界の星と言われたのも今は昔。手にしたタイトルもとうに失冠し、阿久津はといえば、

十連敗という不名誉な伝説を打ち立ててしまっていた――。

＊＊＊

阿久津の家は東京の下町と呼ばれる場所にある、平屋建ての日本家屋だ。昔は両親と妹、四人で住んでいたが、早くに両親が他界し、親代わりとなり育ててきた十歳下の妹も社会人になって家を出てからは、阿久津はひとりでこの家を守っている。

――とはいえ、阿久津は囲碁以外はてんでダメダメな男だ。目覚めてから眠りにつくまで、囲碁のことしか考えず、囲碁漬けの毎日を送っているため、生活状況は荒れ放題である。ゴミの日なんか覚えちゃいないから、玄関から廊下にいたるまで、ゴミ袋が散乱している。中身はほとんどがカップ麺の容器やレトルト食品の袋だ。足の踏み場もほとんどないゴミロードも本人は慣れたもので、器用に歩いて自室まで辿り着くと、囲碁関連の本が散らばる畳の上に突っ伏した。

「……囲碁の神は俺を見放したのか……？」

ひとりになってはじめて、恨み言めいた言葉が漏れる。今日の対局相手はたかだか三段の若造だ。勝って当たり前の一戦だった。――なのに負けた。たまたま調子が悪かった、なんて言い訳は、負け戦ばかりの今の状況ではもはや通用しない。

ちらりと視線を上げれば、棚の上の写真立てが目に入った。史上最年少でタイトルを獲ったとき、新聞社が撮ってくれた写真が飾られている。あれが人生のピークだったのだろうか。順調にキャリアを重ね、天才の名をほしいままにしていた、あのころが懐かしい。

（……今やすっかりスランプだ）

囲碁を愛する気持ちも、研究する時間も、昔となんら変わらない――むしろ増えているのに、結果がともなわない。それがどうしてなのか自分でわからず、だからよけい歯痒い思いをしている。

父から譲り受けた愛用の碁盤を抱き寄せ、なぜなぜなぜなんだとジタバタしていると、ふいに後ろから声がした。

「……なにしてんの？ お兄ちゃん。碁盤抱きしめたまま悶絶して、かなり怪しいんだけど」

「……ん？ はっ、夏南……!!」

寝転がったまま振り向くと、呆れ顔で戸口に立っている妹がいた。仕事帰りなのだろうスーツ姿で、身内の贔屓目なしに、ボブカットがよく似合う快活な美人だ。加えて性格もよく、自立してからもこうしてたまに実家に寄って、兄の様子を見に来てくれる。可愛くて優しくてまさに非の打ち所がない――この世に舞い降りた天使だと、阿久津は思っている。夏南を妹として授けてくれたのは、神様からの贈り物だとも。それほどに愛しい存在が目の前に現れ、笑顔になりかけた阿久津だった――が。

「……な、夏南。おまえ、誰だその、男はっ」

夏南の背後にエプロン姿の男が立っていることに気がつき、阿久津ははっとして立ち上がった。夏南が男連れで現れるなんてはじめてで、激しく動揺する。

「しょ、紹介したい人がいるなんて聞いてないぞ。ダメだダメだ。そんな男、お兄ちゃんは許さないからな！」

手塩にかけて育ててきた大事な妹だ。どんな相手だろうが気に入らない、でも、とくにこんな――リア充のパリピ代表みたいな男は論外だ。

年は二十代なかばといったところか。ゆうに百八十は超えていそうな、筋肉質かつでかい図体。目も眉も鼻筋も唇も力強く、文句なしに美形の部類だが、そこがまた隙がない感じで可愛くない。髪色は黒だし、アクセサリーの類もしていないが、Tシャツにジーンズというラフな格好といい、物怖じせず阿久津をじっと見つめる余裕綽々の態度といい、ワイルドさが前面に出ていて正直阿久津が苦手とするタイプだった。

「公務員か銀行員。それ以外は――」

「ダメって言うんでしょ。でもこの人はそういうんじゃないから。――彼はね、お兄ちゃんのために連れてきた家政夫さん」

阿久津のシスコン攻撃に慣れた夏南が、あしらうように手をひらひらと振りながら言う。

「か――家政夫だと？」

ヒートアップしかけていた阿久津は、今度は虚を衝かれ固まった。

「このヒモ風情(ふぜい)の男がか？」

冷静時だったら失礼にあたるとわかる一言も、そうでない今はつい口からぽろりとこぼれてしまう。阿久津の遠慮のない本音に、男の肩がぴくりと動いた。「ちょっとお兄ちゃん」と夏南がたしなめるが、阿久津の不信感は深まるばかりだ。

「それだけじゃない。なんで家政夫なんか連れてくるんだ。俺は聞いてないぞ」

「言ったらお兄ちゃん秒で拒否るもん。第一なんで連れてくるって、この家の状態見れば明らかでしょ、理由。掃除どれだけしてない？　まともなご飯食べたのいつ？　健康診断ちゃんと行ってるの？　見るたび痩(や)せてってるし、顔色よくないし」

「仕事に支障はない。だから問題ない」

「せっかく魅力的なお仕事もしてて、ちょっと年いっちゃってるとはいえ悪くない顔してるのに、そんなんじゃ恋人もできないよ」

「俺の嫁は囲碁だ。生涯添い遂(と)げるぞ」

「もーっ！　そういう囲碁バカなところが問題なんだってば！　これ以上ずさんな生活続けて

ひよこ家政婦
派遣サービス

たら、孤独死まっしぐらだよ。碁石で綴ったダイイングメッセージとか私見たくないから。見てもわかんないから」

夏南は阿久津と違い、囲碁の知識はない。けれど兄のことはさすがによくわかっているようで、ずばずばと核心を突いたあと、可愛らしく小首を傾げてみせる。

「お兄ちゃんが大切で、心配だから、こんなことした私の気持ち、わかるよね？」

阿久津は昔から夏南のこの「お願い」ポーズに弱かった。俺の妹はなんて可愛いんだと胸をきゅんきゅんさせながら「むろんだ」と答える。

「だったら私のお願い聞いてくれるよね？」

「聞くとも」

「さっすがお兄ちゃん。あのね、家政夫さんを雇うお金はお兄ちゃんの口座から引き落としにしておいたから。お兄ちゃん自身のことだもの、構わないよね？」

「いいとも。……はっ」

――答えたのちに阿久津は気づいた。つい夏南に乗せられてしまったが、これでは家政夫を雇うことに賛成したも同然ではないか。まずいと思ったところで、夏南を悲しませたくない一心から、前言撤回もできない。

「このように変人レベルで囲碁バカな兄ですし、プライド高くてめちゃめちゃ扱いづらいですが、どうかお願いします、三池さん」

家政夫の男に深々と頭を下げる夏南に、「お、おい夏南」とおろおろと声をかけるが、にっこりと可愛い笑顔で流されてしまう。ああ、夏南になら変人と言われようが扱いづらいと思われていようが構わない――と骨抜きにされているうちに、夏南は「じゃ、私は用事があるから、これで」と言い残して帰ってしまった。天使が去ってしまうと、とたん、空気が重くなる。

「……あの」

しばし無言の時間が続いたあと、三池と呼ばれていた男が一歩近づき、ぺこりと頭を下げてきた。

「……はじめまして。ひよこ家政婦派遣サービスからきました、三池双葉といいます。平日の九時から六時まで、通いでこちらでお仕事させていただきますので。よろしくおねが――」

「いらん。帰れ」

よく通る低い声で、意外にも丁寧な言葉遣いだった自己紹介もろくに聞く耳を持たず、阿久津はぶったぎる。

ただでさえ今日の負けで十連敗という不名誉な記録を打ち立てた直後で、気分は最悪だったのだ。ひとり静かに棋譜の検討をしたかったのに、いらぬサプライズを用意され、反感を抱かないほうが無理だ。夏南がいなくなった今だからこそ、遠慮はいらない。

「家政夫なんてなんの意味もない」

それが囲碁のなんの役に立つ？　勝てるようになるとでもいうのか？　――そんなわけがな

い。ならば不要なだけだ。

その一言に、今まで職業人としての態度を貫いていた三池もさすがにむっとしたらしく、きつく眉根を寄せた。そしてじっと阿久津を見下ろしながら――身長差のせいとはいえ、見下されているようで腹が立つ――あらためて口を開いた。

「……俺が契約したのは妹さんです。だから雇用主ではないあなたの言うことは、参考程度に聞いておきます」

「な……っ!?」

反抗的な空気を匂わされ、愕然とする。――本性を現したということか。

「か、金は俺が払うんだぞ」

「そこは俺には関係ないので」

「夏南に黙って、ここに来なければいい話だろうが」

「金だけもらって大人しくしてろと？　お断りします。あなたが囲碁棋士としてプライドを持ってるように、俺だって家政夫の仕事をプライド持ってやってるんですよ。だから引き受けた仕事はまっとうしますんで。――ああ」

気がついたようにポンと手を打って、三池がにこりと勝ち誇ったような笑みを浮かべる。

「ヒモ風情でも、家事技能に関する資格はひととおり取ってますんで？」

（こいつ――！　根に持ってる……っ）

勝った気分でいたら、不意の一手を打たれ、逆に窮地（きゅうち）に追い込まれた――そんな囲碁の局面に似ている。

苦手なタイプあらため、もろにイヤなやつ認定した男を前に、阿久津の頭上で新たな勝負のゴングが鳴った瞬間だった。

外にある郵便受けから朝刊を取り出した阿久津は、その場で広げて囲碁関連の記事を探した。主な対局の棋譜や、人気棋士の囲碁解説、その他目立ったニュースがあれば載っている。当たり前だが、阿久津春光九段、の文字はどこにもない。昔はテレビに雑誌にとひっぱりだこだったが、最近は若くて強い棋士も多く出てきたことから、旬が過ぎたおっさん棋士はお呼びでない、そんな雰囲気をひしひしと感じる。

（くそ……っ）

連敗は未だ続いている。自分で弱くなったとは思っていないのに、どうしても結果がついてこない。囲碁好き女子――囲碁女（いごじょ）向け解説だと？　そんなもの新聞に載せるくらいなら、スランプ脱出方法でも解説してくれと、心の底から願う。

「なに玄関先で般若みたいな顔で新聞見てるんです?」

ふいに聞こえた男の声に、紙面から顔を上げる。般若と言われた顔が、その訪問者を見て、より険しくなった。

「……帰れ」

「あなたって人は、毎度それですね。仕事しに来たのに、やらずに帰るわけないでしょ。定時まで働かせていただきますよ、阿久津センセ」

呆れた顔で、阿久津の悪態に微塵も動じないのは、三池双葉——阿久津の囲碁ライフを邪魔する小憎らしい家政夫だ。

通いで来るようになり、はや一週間。阿久津はその存在に慣れるどころか、鬱陶しさは日々募るばかりだった。

なにせ、三池はといえば——。

「あっ、こら。昨日片づけたばっかりなのに、なんでまたこんなに散らかしてんですか。——ペットボトルを捨てるときはフィルムと蓋を取って別にって教えたでしょうが。宅配便の空き段ボールはすぐに畳まないとまたぶつかって転ぶってあれほど——ああもう、洗濯物もその辺に放ってるし」

夜の街で両脇に数多の女性を侍らせていそうなナリのくせして、実際はとんでもない世話焼き気質なのだ。仕事熱心と言えば聞こえはいいが、おまえは俺の嫁かオカンか、というくらい口うるさくて、毎日なにかしら怒られている阿久津は正直辛抱たまらん状態なのである。なにが悲しくて、八つも年下の若造にあれこれ口を出されなければいけないのか。もとより家政夫なんて望んでもいないのに！

「散らかしたんじゃない。あえて置いてるんだ」

両腕を組んだ阿久津が、つんと顎を上げて言い張ると、三池は口をへの字に曲げた。居間に私物のショルダーバッグを置き、中から取り出したブルーのエプロンを着ながら。またそのエプロンの胸元に、小さく可愛らしいひよこのイラストがあしらわれているのが、似合わなすぎて腹が立つ。

「……妹さんがあなたを変人って言ってたの、わかるような気がします」

「なんだと。俺のどこが――」

「自分の言動がおかしいのにまるでそう思っちゃいない、そういうとこですよ」

「きみこそそのエプロンのひよこはなんだ。会社名を意識した、支給品なのかもしれないが、おかしいぞ似合わなすぎて」

「似合わなくて悪かったですね。あとこれは支給品じゃなくて俺が刺繍したんです。勤務先に小さな子どもがいる場合、こういうのがあるだけで喜ばれるんで」

自分で刺繍をしたという一言に驚く。既製品としか思えない見事な仕上がりだったからだ。たった一週間でこのゴミ屋敷を見違えるほどきれいにしたり、洗濯物の仕上がりもクリーニング店並みだったり、果ては雑草が生い茂っていた庭にまで手を入れたり。家事技能に関する資格はひととおり取ったと話していたが、ここまで広い範囲に渡ってプロフェッショナルに仕事をこなすとは思っていなかった阿久津は、感心するより正直引いてしまう。

自分の生活が、この男によって、侵される――変えてしまわれるなんてイヤだ。冗談じゃない。

棋士にとってもっとも大事なことは、ペースを乱さない――平常心を保つことだ。

敵は自分にあり。相手に惑わされては、勝負以前の問題だと、師匠もよく言っていた。

「あっ。昨日の晩飯、全然手をつけてないじゃないですか。用意しておいた朝飯だって、そのまま――」

台所に移動し、冷蔵庫を覗いた三池が、再びオカン力を発揮する。このままではきりがないと、阿久津は逃げるように自室に移動した。

(まったく。なんで自分の家なのに、こんな肩身の狭い思いをしなくちゃいけないんだ)

自分が雇った人間ならば、不都合があれば斡旋会社に言って仕事をストップさせることもできるだろう。けれど契約者が夏南である以上、阿久津は手も足も出せず、唯一出せる「口」も三池には敵わない。

(この阿久津九段を振り回すとは、百年早いわっ)

いらいらと座布団に正座し、碁盤に向かう。碁笥に手を伸ばそうとして、ふいに視界がぐらりと揺れた。

「……？」

眼鏡を取り、眉間を揉む。違和感はすぐになくなった——なんだったんだ、今のは？

眼鏡をかけ直し、気を取り直して棋譜の検討に取りかかる。今日は対局や解説といった外での仕事はないから、じっくりと己の棋力を高めるため、時間が割ける。

「阿久津さん」

とんとん、と襖の枠を叩く音がした。阿久津の顔が大きく歪む。

（来た）

迷惑オカンめ。

家にいる時間が長いということは、必然的に三池と過ごす時間も増えるわけで——阿久津は唸るような声で「なんだ」と答えた。

「俺は忙しい」

「すぐ済ませます。……開けますよ」

三池は襖を開けると、碁盤に向かう阿久津と、自分が畳んで隅に置いたままの布団に目をやり、はあとため息をついた。

「布団、使った形跡ないですね……ってことは昨日寝てないんですか？」

「きみには関係ない」

「なんで食事も食べてくれないんです？　バランスよく作ってるつもりなんですけど、一度も手をつけてくれませんよね」

「腹が空けば適当に食べる」

「コンビニ弁当かカップ麺でしょ。それじゃあなたのためにならないでしょうが」

わかったような口を聞く三池に、阿久津はかっとなって言い返した。

「俺のためと思うなら、ほうっておいてくれ！」

碁笥の中で、力任せに握った石が、じゃらっと音を立てる。「阿久津さん……」と呟く三池の顔に視線を投げたら、痛ましいものでも見るような目をしていて、それがよけいに阿久津の苛立ちを煽った。まるで、落ちぶれた元天才棋士のなれの果てを哀れむ、世間の目を見ているようで——。

阿久津は立ち上がると、戸棚の前に移動し、引き出しを開けた。中にはたくさんの手紙が入っている。ほとんどが同じ人物からのものだ。

阿久津が勝負服として着用している藍色の羽織袴と同じ色のレターセット——そういうところからも、送り主の気持ちを感じられる。

「……それは？」

手紙の一通を取り出してじっと眺める阿久津を見て、戸口に突っ立ったままの三池が言った。

「ファンの子からの手紙だ。……お祖父さんとお孫さんで、揃って俺のファンらしくてな。長年こうして手紙をくれて、応援し続けてくれてる」

病気の祖父にかわり孫が代筆しているその手紙には、阿久津が打った碁の感想はもちろんのこと、新聞や雑誌のどんなに小さな記事もチェックしたうえでの、温かい言葉が綴ってある。


阿久津先生の碁は、いつも力強くて、元気をもらえると祖父が話しています。

女性雑誌のコラムに、先生の幼少期のころのお話が載っていましたね。おもちゃより碁石に夢中だったと、大変微笑ましく拝見させていただきました。

寒くなってまいりましたが、お身体ご自愛くださいね。いつでも画面や紙面の向こうで、先生を応援しています。


手紙から受け取る印象で、なんとなく妙齢の女性を想像しているものの、実際は会ったこともない相手だ。けれども丁寧に綴られた文字や気遣いに溢れた文面から、優しくて可愛らしい孫と、彼女に寄り添う祖父の姿がいつでも目に浮かぶようだった。だからこそ、祖父が亡くなったとおとし手紙で報せをうけたときは阿久津もショックだったが、以降も手紙は途絶えず、阿久津も返事を欠かさなかった。相手は孫個人になったものの、『祖父との思い出を大切にしたいので、名前はこのまま使わせていただきます』と彼女は送り主として祖父の名を使い続けている。そういうところにも、家族思いであたたかな人柄が滲み出ていて好感が持てた。

「……大事にしてるんですね」

囲碁以外のことは二の次で、部屋も腐海にしかできない阿久津が、その手紙だけは大切に保管している。そんな光景を意外ととったのか、三池がぽつりと呟いた。

「当たり前だ。特別だからな、この子は。いわば天使だ」

「……天使」

「そうだ。不甲斐ない結果ばかりの今だって、定期的に励ましの手紙をくれるんだぞ。きっと可愛くて素敵な子に決まっている。夏南のような」

「夏南さんのような……」

感情のない三池の声に、どうせバカにしてるんだろうと思う。けれどこの手紙に幾度となく励まされてきた阿久津からしてみれば、大袈裟な喩えでもなんでもない。

「三池浩之……」

封筒を裏返し、阿久津は送り主の――亡き祖父の名を声にした。孫の名前はわからない。けれど――。

「……きみも三池だったな」

用もないので名前で呼んだことなどないが、手紙を手にし、ふいに引っかかった。三池という名字はべつにめずらしくないが――もしや、という思いが湧く。

「まさかとは思うが、きみのお祖父さん、浩之さんとおっしゃったり……するか？」

三池のほうを振り返り、訝しげに問うと、三池は「いえ、違います」と首を振った。

「そうだよな」

やけにほっとして、阿久津は知らず息を吐いた。そうだ、そんなはずがない。手紙をくれるあの子と目の前の三池は、天使と悪魔くらいの差があって、どうしたって結びつかないし――第一、三池は自分のファンであるそぶりはまったくない。

もしそうであったなら、なにを差し置いても囲碁を優先する自分の棋士としての立場に理解を示してくれるはずで、寝ろ食えちゃんとしろなんてオカン爆弾を落として困らせたりしないに決まっている。

「……俺はこの子のためにも、もっと頑張らないといけないんだ」

三池に対してというより、自分に向けての戒めのように、阿久津は言葉を口にした。

つねに新星が出てくる囲碁界で忘れ去られた存在となりつつある自分を、この子がどう思っているだろうと考えると胸が痛む。長年応援してきて、結果がこのざまなのかと。そんなふうに幻滅されないためにも、再びタイトルを獲って、トップ集団に返り咲かないと――。

「だから悠々と食事したり、休息をとったりしてる場合じゃない。……ないんだ！」

焦りに突き動かされ、阿久津は声を荒らげた。どすどすと畳を鳴らすように歩き、なにか言いたげな顔をしている三池の前で立ち止まると、その鼻先でぴしゃりと襖を閉めてやった。

「囲碁も知らないくせして……家政夫の立場で、俺の邪魔をするな！」

襖の向こうに立つ男に向かって強い言葉を浴びせ、阿久津は踵を返すと、あらためて碁盤に向かった。

深呼吸をひとつ。集中しろ、と言い聞かせ、碁石に手を伸ばす――。


その三日後のことだった。

指導碁を務めた帰り道、阿久津はどうにも気分が優れなかった。頭が鈍く重い。息が荒いし、目眩もする。一歩歩くだけでも身体がしんどい。仕事中はなんとか気合いで乗り切ったが、自宅が見えてくると、気が抜けると同時にどっとした疲労感が押し寄せてくる。

玄関に入るまでが限界だった。履き物を脱ごうとしたはずなのに、なぜか地面にひっくり返って、天井を見ていた。

(あれ……？　俺、倒れてる……？)

よく理解できないまま、視界が黒く明滅する。するとそばで、「阿久津さん⁉」と声がした。

(三池……)

買い物にでも行っていたのだろう、エコバッグを手にした三池が慌てた顔で自分を覗き込んでいる。

(こいつでも、こんな顔するんだな……)

いつも余裕たっぷりの小憎らしい顔で、自分に説教をするイメージしかないから新鮮で、少しおかしな気持ちになりながら——しかし阿久津の意識はそこでふっと途切れた。

（お日様の匂いがする……）

あたたかくてやわらかい。どうやらそれは、自分が包まれている布団の匂いらしい。阿久津が干した覚えはないから、あの家政夫がやったのだろう。

（最近布団で寝てなかったからな……こんな気持ちいいものだっけか……ん？）

心地よいまどろみに身を任せていた阿久津は、そこでぱちりと目を開いた。

見慣れた自室だ。なんの変哲もない十畳の和室——そんなことより、なぜ自分は敷いた覚えもない布団に寝転がっているのだろう？

同じように、羽織袴から着替えた覚えもない寝間着用の浴衣（ゆかた）を身に纏（まと）った身体を起こし、枕元に置いてあった眼鏡をかけた阿久津はぎょっとした。時計の針が二時を回っていたからだ。

「は⁉　夜の二時……だよな。俺が帰ってきたのが夕方の五時ごろだから……そんなに寝こけてたのか⁉」

囲碁にあてるべき貴重な時間を、睡眠なんかで無駄にしてしまった。一生の不覚だ。慌てて遅れを取り戻すべく布団から抜け出そうとするが、また目眩がして膝（ひざ）をつく。

「う……」

「なにやってんですか！」

　すると襖が開いて、盆を手にした三池が入ってきた。盆を枕元に置いて、慌てて阿久津の両肩に手を回し、身体を支える。

「まだ寝てなくちゃダメです。阿久津さん、帰るなり玄関先で倒れたの、覚えてますか？」

「……きみがおかしな顔をしていたのは記憶にあるが……」

「こんなときまで減らず口なんですか、あなたって人は……。あのですね、医者に往診してもらったら、栄養失調と睡眠不足によるものだそうです。身に覚えありまくりでしょうが」

「もう平気だ。充分休んだ。囲碁を打たねば」

　三池の手を振り払い、起き上がろうとする。すると、チッと舌打ちが聞こえて、今度は痛いほど強く肩を摑まれ、三池のほうを向かされた。

「っざけんな！　健康あっての囲碁だろうが!!」

　小言は言われ慣れていても、こんなに乱暴に叱られたのははじめてで、阿久津は驚きのあまりほうけた顔で固まってしまう。

　三池は怖いほどに真剣だった。今度だけは阿久津の言い分を聞く気はないと、そのまっすぐな眼差しが、肩に食い込む手が、証明している。

「あんたが俺の飯を食ってくれないのも、言うことにまったく耳を貸そうとしないのも、そもそも俺の存在を認めてないからだっていうのはわかってる。俺だって、必要ないから出ていけっていうあんたの言い分を、契約者は妹さんっていうのを盾にして、聞かなかったからそこはある意味お互い様だ。でもな……さすがに倒れられたら黙ってられないんだよ」

そう言ったあと、三池がはっとした顔になり「……すみません」と謝る。口調を気にする余裕がないほど、本気で怒ったということだろう。それが阿久津は不思議でならない。

「……なぜ。きみは家族でも友人でもないだろう」

「夏南さんにはもちろん連絡しましたよ。仕事で他県に行ってて、すぐには駆けつけられないらしいですけど、あなたを頼むと心からお願いされました。でもね、お願いされなくても、俺は同じこと言いますよ。家族や友人じゃなきゃ、心配しちゃいけないんですか？」

「心配……？」

したのか、と阿久津は言いかけ、ふと気づいた。玄関で倒れた自分を部屋まで運び、寝間着に着替えさせて布団に寝かせ、医者を呼んでくれたのは、居合わせた唯一の人間——三池だ。家政夫の仕事の範疇を超えているし、第一すでに深夜二時、完璧な勤務時間外だ。

自分が目覚めるまでずっと看病してくれていたのか。さんざん三池を拒否し続けた相手に、こうまでするなんて——。

「……きみ、マゾなのか？」

ドがつくほど真面目に訊いてみた阿久津に対し、三池はがくーっとうなだれる。なんなのこの人……と呻く声が聞こえたのは気のせいか。

「あーもーそれでもいいですよ。なんでもいいからこれ食べて寝てください」

再び上げられた三池の顔はなんだかどっと疲れていて、阿久津を布団の中に強引に戻すと、枕元の盆を有無を言わさず阿久津の膝の上に置いた。そこにはほかほかと湯気を立てる粥が入った小鍋と、きゅうりと大根の漬け物の小皿がのっている。

「言っておきますけど、俺の指示は夏南さんの指示なんで。きちんと食べて寝るまで、囲碁に関するものは全部没収していいと言われてます」

「はあっ!?」

阿久津は今日いちびっくりして、室内をきょろきょろ見回した。そしてきゅうりよりも青ざめる。

「……俺の碁盤が！　碁笥が！　専門書が！　どっ、どど、どこへやったっ」

「心配しなくても、ちゃんと大事に保管してあります。あなたが囲碁と同じくらい自分のことを大事にすれば返しますから」

「そんな勝手な――っ」

しかし、可愛い妹が自分のために指示したのだと考えると、それ以上は言えなくなる。

夏南の言うことはなんだって聞いてやりたい。だが一時的とはいえ囲碁なしで過ごすなんて、阿久津にとっては空気なしで生きろと言われているようなものだ。無理だ。耐えられない。

「デザートもありますよ。プリンです。ホイップクリームがのったやつ。阿久津さん、好きでしょ」

「え」

こうなったら三池を脅してでも……とまで考えていた阿久津の心が、「プリン」の一言に揺らいだ。

ぷるぷるとしたプリンのてっぺんに、小さな帽子を被せるみたいに、ホイップクリームが添えられた——あの魅惑の一品を脳裏に描くうち、むう……と眉間に力が入る。

「——交渉成立ですね」

その煮え切らない態度こそが答えと、三池がにやりと笑う。嫁と豪語する囲碁を人質に取られた案件に続き、弱みまで握られた気分になって、阿久津は顔をしかめた。

「……な、なぜ俺の好物を知っている。教えた記憶はないぞ」

すると少しの間があった。三池が困ったように視線を泳がせる。

「……夏南さんに聞いたんですよ」

そして、阿久津がなにか言うより早く、「じゃ、食べ終わるころに皿下げにきますんで」と立ち上がり、部屋を出ていく。

（……なんだ？　いきなりそそくさとして）

夏南から情報を得たこと自体は、不思議でもなんでもないのだが、三池の態度に妙な違和感を覚えた。

（まぁ、いいか、そんなことは。今はそれより、俺の嫁だ）

三池の謎など、囲碁の奪還に比べれば些細すぎることだ。阿久津はすぐに頭を切り替えた。そしてしぶしぶれんげを手に取り、粥を口に運ぶ。こんなことしてる場合じゃないのにと思いながら。しかし――。

「……美味い」

粥なんて誰が作っても、それこそレトルトでも、同じ味と思っていた。けれど、三池のそれは感動するほど美味しい。はじめは悔しいと思ったものの、気がつけば夢中で食べていた。あっという間に小鍋は空になり、漬け物も含めて完食する。漬け物もこれまた絶品だった。

（出来合い物……を出すようなタイプじゃないよな。まさかあいつが漬けたのか）

会ったばかりのころならまさかと思うようなことも、完璧なまでの家政夫スキル――オカン力とも言う――を知った今なら、そうだろうなと頷ける。

満腹になった阿久津は、食器ののった盆を畳の上に置いて、布団に横たわった。食べたら寝ろと言われたものの、普段ショートスリーパーなおかげで、あれだけ寝たあとだから眠気が訪れない。

「む……」

かわりに、べつのものがやってきた――。

股間にむずむずとしたものを感じ、掛け布団をめくってみると、案の定阿久津の雄の部分が形を成していた。

「面倒だな……」

いつもは溜まっていることさえ忘れて囲碁に没頭しているため、性欲を感じることはめったにない。自慰など至極面倒――ペニスを擦るより碁を打っているほうがよほど楽しいし有意義だからだ。セックスなんて興味を持ったこともない。昔棋士の集まりで酔い潰されたとき、女棋士にラブホに連れ込まれたものの、我に返り慌てて逃げたので、この年まで童貞だ。阿久津はそれを恥じたこともなかった。恋愛だのセックスだのは、囲碁には無縁、まったくもって不要だからだ。

――が。勃ってしまったものはしょうがない。

「はぁ……」

快感の吐息とはまるでほど遠い面倒くさげなため息をつきつつ、阿久津はしぶしぶ下半身に左手を伸ばした。浴衣の裾を割り、下着を少し下ろして、ペニスを取り出す。

いつものように無表情で、機械的に上下に擦り立てながら、思うのは「通販で精液強制発出装置でも売り出されれば買うのに……」だった。時間がかかるわりに全然気持ちよくないし、ともすれば感情が無になってしまう。

「興奮することを考えるんだ……」

東大寺正倉院におさめられている日本最古の碁盤。久遠名誉棋聖の伝説の第二期棋聖戦第五局。

それからそれから……と、横になった布団の上、片手でペニスを持ちながら、一方でうんうんと脳内でヒストリカル囲碁ロマンを探す阿久津の姿は、はたから見たらどんなに異様だろうか。

そんな最悪のタイミングで——がらりと襖が開いた。

「……」

「……」

驚いた目をしているものの、現場でどんなアクシデントに遭遇しても取り乱さない家政夫としての教育を受けているのか、三池は一応の平然さを装っている。

「……寝てるなら、起こしたら悪いと思って、そっと盆を下げて出てくつもりだったんですけど……その、すいません。俺はなにも見てないんで。ごゆっくり」

再びススス……と襖を閉じて何事もなかったように立ち去ろうとする三池に向かい、「まま待てぃ！」と思わず叫んでしまう。

「嘘をつくな！　ばっちり見ただろうが！　この俺のあられもない姿を！」

「あられもないって……箱入りの姫様ですか」

呆れたように言う三池に、さらに阿久津はかっとなる。いつも完璧で弱みなどない阿久津春光のオナニーシーンを目撃したことだけでも万死に値するのに、見ておきながら知らんぷりみたいな態度がより気に入らない。なぜ被害者の自分ばかりがこんなに動揺しなきゃいけないのか。

汚部屋にはじまり自己管理がゆるゆるで倒れたりと、三池にはすでに完璧とはほど遠い姿ばかり見られているのに、羞恥からくる謎の怒りでカッカしている阿久津はそんなことにも気づかず、一方的に詰め寄った。

「なにがごゆっくりだ！　こっちはゆっくりシコシコしてる時間はないというのに！　きみも見たなら責任とって協力しろ！　手伝え！」

「いや、見たくて見たわけじゃ……」

「こっちには既成事実があるんだぞ！」

「逆ギレかよ……」

三池は頭を抱え、深いため息をつきながら部屋に入ってきた。このまま立ち去ったら、阿久津が猛犬のように追いかけてきて尻に噛みつきそうだ、とでも思っている顔をしている。

「……手伝えって、具体的にどうしたらいいんですか？」

布団の隣に三池が膝をつく。とりあえず上半身を起こし、中途半端に反応したままのペニスを浴衣の下に押し戻した阿久津は、鼻を鳴らすように言った。

「精液が出さえすればいい。俺はその作業に向いていない」

「作業って……阿久津さん、オナニーをそんなふうに考えていつもやってたんですか？　気持ちいいからしたいって、普通なりません？」

「ならんな。俺の気持ちが高揚するのは囲碁に触れているときだけだ。だから歴史ある碁盤、胸躍る一局、奇跡の一手を思い描きながら処理をしている」

胸を張って答える阿久津に、「変人っていうか珍獣……」と三池が正直な感想を漏らす。そして突っかかられる前に言葉を重ねた。

「……あー、とにかくイかせればいいんですね？」

「そうだ——って、うわっ」

はーっと長いため息をついた三池に突然腰を抱かれ、膝の上に乗せられる。阿久津は三池に背中を向けて抱っこされる形だ。三十三にもなって幼児のような抱き方をされるなんて——と、阿久津の顔がかっと熱くなる。

「お、おい、子ども扱いはやめろ」

「子ども扱いじゃなくて背面座位。オナニー手伝うならこっちのほうがやりやすいし……って、そんなことも知らないんだもんな」

参ったように呟いた三池が、乱れた浴衣の裾を割って下腹部に手を滑らす。

「……本当に触りますよ？」

「く、くどいぞ。さっさとしろ」

急(せ)かすように言うと、ためらいがちな仕草で三池がペニスに触れてくる。おそるおそる包んで、やわらかく二度三度揉んで——愛撫(あいぶ)とはほど遠い緩慢(かんまん)な触れあいに、阿久津はすぐに焦(じ)れた。勢いで手伝いを命令したとはいえ、自分ばかりが恥ずかしいこんな拷問、さっさと終わらせてしまいたいのに、これでは終わりが見えないではないか。

「……へたくそか？　きみは」

「な……っ、じゃ、じゃあこうですか？」

へたくそ呼ばわりされ、心外な、とでも言いたげな声を出した三池が、先ほどよりもしっかりとペニスを掴んで上下に扱きだす。開脚部分で繰り広げられるその光景をしばしじっと見つめていた阿久津だったが、ペニスはびくともしないのに、眉間の皺(しわ)は深くなっていくばかりだ。

「……自分でやってるときより感じないんだが。きみの手つきにはパッションがないんだ」

「ぱ、パッション？　……って、こういうことですかね」

陰嚢(いんのう)をふたつ同時にぎゅーっと握られ、阿久津が悲鳴をあげる。

「い、痛い！　馬鹿者、力を強くすればいいというわけではなかろうが！」

「じゃあどうしろっていうんです」

「ええい、いちいち訊(き)くな、鬱陶しい！　おうかがいを立てないとオナニーのひとつもできないのか」

自分のことは棚に上げてキレる阿久津は、イけない苛立ちと囲碁を取り上げられた鬱憤(うっぷん)をぶつけるように、試行錯誤（しこうさくご）で愛撫を施（ほどこ）してくれていた三池の手首をぺちんと叩いた。すると三池の動きがぴたりと止まったので、「もうネタなしか」と振り向いて——ぎょっとする。三池は怖いほど真顔になっていた。

「お、おい……？」

「……あー。本当に面倒な人だな」

チッと舌打ちをして、体勢を入れ替えて阿久津を布団の上に押し倒す。なにが起きたかわからない顔をする阿久津の腰を跨（また）いで見下ろしながら、三池は着ていたひよこエプロンをそのあたりに脱ぎ捨てた。

「もういいです。どうせ文句言われるなら、俺のやり方でやらせてもらいますんで」

「きみのやり方って——」

これはもしかして——。

（怒らせた……のか？）

まずいと思うのに、見上げた先にある真剣な瞳やいつもより低い声音が、普段のオカン三池からはかけ離れていて——それがやけに男らしく、阿久津の心臓が跳（は）ね上がる。

機嫌を損ねたとはいえ、真面目な顔をすると悔しいがやはりいい男だ。そして大きく浮き出た喉仏（のどぼとけ）や鎖骨（さこつ）から、今までは意識しなかった色っぽさを感じる。

「阿久津さんはどうぞ、お好きな囲碁のことでも考えててください」

ぞんざいに言いながら、三池は阿久津の両腕を頭上でひとつにまとめて拘束した。すでに浴衣は大きくはだけていたため、むき出しになった脇に三池が近づいていくのを止められなかった。鼻を寄せられ、くん、と匂いを嗅がれて赤くなる。

「な……なにしてるんだ、いったい」

「見たまんまのことですけど？　スタンダードな攻め方じゃお気に召さないみたいなんで」

だからといってアブノーマルが好みとも言っていないのだが、これも一種の意趣返しのつもりなのだろう。現に、オナニー＝ペニスいじりとしか考えたことがなかった阿久津は思いきり動揺し、されるがままだ。

「対局のとき、冷や汗かいたりしないいんですか？」

かく――負け戦ばかりの最近なんてとくにだ。だからこそ、その冷や汗の匂いをこんなふうに嗅がれて確かめられようとは、棋士人生で一度たりとも想像したことがなかった。恥ずかしいのに妙にぞくぞくする、この感覚はなんなのだろう。

「あうっ」

三池の吐息が触れていた場所に、今度はぺろりと舌が当てられた。

「やめろ、汚い……っ」

「性行為にきれいも汚いもないでしょ。色々試さないと、なにで阿久津さんがイってくれるかわかりませんしね」

なにせ俺はへたくそですし？　と揚げ足を取る発言をされる。

「あ、ぁ、く……っ」

体質なのか、阿久津は成人男性でべつに処理などもしていないというのに、脇には産毛程度の毛しか生えていない。ゆえに三池はほとんどなににも隔てられることなく、阿久津の脇を存分に舐め回せるのだ。

「……だいぶ苦戦してる味ですね」

囲碁の対局を引き合いに出され、阿久津の顔がかっと熱くなる。

「やめろ……っ、変なことを、言うのは……っ」

「変って、あなたが興奮することでしょ？　一に囲碁、二に囲碁――だったら率先して想像巡らせてくださいよ」

片手で阿久津の手首を拘束しつつ、空いたほうの手で三池は乳首を摘み上げた。脇に続く未知の感覚に、阿久津の背がびくんと撓る。

「ほらここ。硬くてこりこりしてて、碁石の感触に似てなくもないですよ。阿久津さんも触ってみたらどうです？」

「ご、碁石……？　本当に？」

興味を引かれる発言と同時に腕の拘束を解かれ、阿久津はおずおずと、三池が摘んでいるのとはべつの乳首に指先で触れた。普段の自慰でこんなところに触れたことは一度もない。三池に唆(そそのか)されなければ、たぶん一生知ることはなかっただろう。

「……う、……っく」

——胸がこんなにも感じる場所だなんて。

(ほどよい厚みと硬さ……確かに碁石っぽい感触と言えなくもない……っ)

三池は根元から上下左右に倒すように、強く乳首をいじめるのに対し、阿久津はおそるおそるの仕草で指の腹で擦る。両側から、まったく違った種類の刺激を送られるたび、腰がうずうずとして落ち着きなく下半身を揺らした。

「……感じてきました?」

「た、多少は、な」

「多少ね……」

感じている顔を見られたくなくて、眉間にぎゅっと力を込める阿久津をじっと見つめながら、三池が指でくびりだした乳首に、ちゅっ、と唇を落とす。とたん甘い愉悦(ゆえつ)を感じて、阿久津は甲高(かんだか)い声をあげた。

「ふあっ」

「あー、好きなんですねコレ」

「ち、違う、今の声は俺じゃない、外のカラスだ……っ」

「だいぶ苦しい言い訳ですよ、それ」

呆れた口調で言われて、唇を押しつけるように乳首に何度もキスをされ、それから音を立てて吸いつかれる。濡れてあたたかい口内の感触がたまらなくて、眼鏡の下の瞳が勝手に潤んでいく。

「ふぐう……っ」

さっきみたいな変な声を出したくなくて、懸命に唇を噛んだ。その努力を無に帰すように、三池の愛撫は激しくなる。口に含まれたまま舌でころころと転がされ、悪戯に歯を立てられたかと思えば、乳輪ごとやわらかく食まれる。攻められる一方なんて性に合わないから、阿久津は片方の乳首を三池に捧げながら、もう一方を自分で愛で続けた。

(お互いに攻めあって……動揺が表情に出ないようにして……って、本当に碁を打ってるときみたいだ)

そう思うと、おのずと心がときめき、身体の高ぶりにも繋がる。これは確かに、ひとりで無機質な碁の想像をしているときでは感じられない、相手がいるからこその行為――そして快感だ。

「……勃ってますよ、阿久津さん。乳首碁、そんなによかったですか?」

唾液の糸を引かせながら乳首から唇を離した三池は、浴衣の裾を割って飛び出すほどに勃起している阿久津のペニスを確認して薄く笑んだ。優位に立たれたようなその表情にむっとする。

「勃たせたくらいでなんだ。えらぶるのはイかせてからにしろ」

「しぶといなぁ」

呆れ笑いを浮かべた三池に両膝の裏を持たれ、大きく開脚させられる。その中心に顔をうずめられ、まさか――と思った矢先、ペニスにぬるっとした感触を覚えた。

「んあ……っ」

三池が阿久津のペニスに舌を這わせている。根元から幹を伝って唇でなぞり上げ、張り詰めている先端を口に含む。ねっとりとした熱い感触に包まれ、思わずまた変な声で鳴いてしまった阿久津の脚の間で、頭を上下しながら口内で屹立を扱き上げ、同時に陰嚢を揉み解し、躊躇うことなく射精を促してくる。

「ひ、卑怯だぞ……っ」

「口でするのはダメなんてルール、オナニーにはないでしょ。……これも立派な『一手』ですよ、碁ナニーの、ね」

「！」

まずいまずいまずい。完全に三池に追い詰められている。いや、早くイってしまいたいのは阿久津の望みでもあるのだが――それはそれで負けたような気がしてイヤなのだ。

口内の粘膜で震える肉塊を擦り上げ、唇で亀頭を咥えながら丹念に舌先で先端を舐め回し、さらには尿道に残るものまで味わおうと舌先を突っ込んでくる。

「く……っ」

そこは先走りでしとどに濡れているはずなのに、躊躇いもなく舌で拭ったものを嚥下する三池の喉の動きを見た瞬間、阿久津の顔が火を噴くように熱くなった。

「よくもまあそんなことができるな……っ」

「普通じゃイってくれないわがまま大先生には、これくらいの技使わないと仕方ないんでね。……でもさすがというか、思ったよりしぶといんで、アタリかけますよ」

ちゅぽん、と音を立てて、阿久津のペニスから口を離した三池が言う。アタリ——あと一手で石が取れる状態を示す囲碁用語を、よく知っているな……とぼんやり考えていると、三池の指先がくるりと円を描くように蕾をなぞったのでびっくりした。

「そ、そこは」

「アナル。……男でも感じる場所があるって、知ってました?」

知らん、と答える前に三池の唇がそこに触れた。唖然とする阿久津に構わず、音を立てていやらしく吸ったあと、蕾に舌を潜り込ませてくる。

「……っ」

散々身体を愛撫でとろかせたあとだったのと、舌がたっぷりと唾液で濡れていたことから、阿久津のそこはなんの抵抗もなく受け入れた。それどころか、入り込んできた舌を歓迎するかのように肉襞が蠕動し、中がきゅっと締まる。それを抵抗ととったのか、三池は阿久津をなだめるように内腿を優しく撫で、入り口部分を軽く突つきながら締めつける中を甘くあやすと、

解けたところで一気に舌を押し込んだ。

「う……そだろう……っ」

「……想像より悦くて？」

――認めたくない、が、三池の言うとおりだ。

やわらかくて濡れた、熱い粘膜のかたまりが、今、身体中で一番敏感な部分に触れているどころか――中にいる。その事実を身体で受け止めるのは、感じたことのない歓喜だった。

「あっあっあっ」

三池が中で舌を動かすたび、くちゃくちゃと濡れた音が響く。隘路の形を広げるように激しく掻き回されるのも、未知の感覚に怯える襞を一枚一枚優しく撫でてあやされるのも、すごくよかった。朱に染まった身体をくねらせながら、シーツを握りしめ、阿久津は快楽に悶える。

「あ、ふ……っ」

「だいぶとろけてきましたよ。投了寸前、って感じですかね」

差し入れた舌で内壁を擦ったり舐めたり、時おり溢れる雫を吸い上げたり――阿久津の中を余すことなく愛撫していた三池は、やわらかく解けた蕾の隙間から、指を一本差し入れた。やわらかい舌と、硬い指が、同時に自分の中に入ってきて、敏感な肉襞をそれぞれバラバラな動きで愛撫している。それは麻薬のような尋常でない官能を阿久津にもたらした。

「まだ、だ、投了なんて誰がするか……あっ、指、奥、行き過ぎだ……！」

浅い部分を中心に撫で回す舌とは違い、指は阿久津の奥まで届いてしまう。奥にはなにか、掠ったただけでもとてつもなく反応してしまう愉悦のスイッチのようなものがあり、そこに触れられると怖いくらい感じてしまうのだ。

「イきたいのに負けたくないとか、どんだけめんどくさいんですか、あなた」

ため息混じりに囁いた唇が胸に落ち、勃起した乳首をぺろりと舐め上げたとたん、大きな快感が身体中を貫いた。びくっと胸を反らすと三池につきだす形になり、ころころと乳頭を転がされる舌の動きはそのままに、唇で深く乳首を包み込まれる。硬く尖った乳頭も、赤みを帯びた乳輪も、すべてを熱い粘膜の中に収めてしまう。

「み、三池くん、ま……っ」

「囲碁に待ったはなしですよ」

「だが、同時……なんて、こんな悪手があるか……っ」

「そこは好手と言ってほしいんですけど」

三池が乳首を熱心に吸い、舌先が突起を舐め回しては弾き上げる。もう片方の乳首は指の腹で揉み解されたりとさまざまな愛撫を送られた。それを左右交代に繰り返しながら、阿久津の中に入り込む指の数は、今や三本にまで増えている。揃えた指で中をぐじゅぐじゅ擦られるのもいいが、二本の指で入り口を大きく開かれ、残った指で奥の奥まで突き入られるのもいい。なにをされても阿久津の肉襞は悦んで三池の指に絡みつき、腹につくほど勃ち上がったペニスからはとめどなく先走りが溢れ、乳首は硬くしこって三池の舌や歯を愉しませた。

「あっ、ああっ、もう……」

中を激しく掻き回されながら、胸を唾液でべとべとになるほど愛でられ、喜悦が頭のてっぺんから突き抜けそうになる——こんな限界、迎えたことがない。

(ダメだ——この手合い、俺の負けだ……っ)

認めたが最後、阿久津は悔しさと気持ちよさに強く唇を噛み締めながら、びくびくと全身を震わせた。

「……っふ、う」

阿久津のペニスから、勢いよく濃厚な精が迸る。それは阿久津の腹だけでなく、身を寄せている三池の服にも飛び散った。けれども彼は気にすることなく、ふっと『雄』から『家政夫』の顔に戻ると、ジーンズのポケットからハンカチを取り出して阿久津の身体を拭いだす。

「敗者に同情は不要だ……」

「いや、碁ナニー終わったんだから、そろそろ対局モード解除してくださいよ。しかしまた盛大に噴きましたね。面倒でも定期的に処理したほうがいいですよ？　あと汗かいただろうから浴衣替えてください、風邪ひいたら大変なんで」

ついさっきまであんなに男らしくいやらしかったのに——この阿久津が振り回されるほどに。すっかりいつものオカンモードを発揮している三池に、色んな意味でなんて器用な男なんだと阿久津は呆気にとられた。

「すごかった……なぜきみはこんな技を知ってるんだ。家政夫は昼の顔で夜は――」

「人を夜の蝶(ちょう)みたいに言うのやめてくれます？　……あれです、家政夫に変な誤解持ってほしくないから言いますけど、俺、バイなので。男も女もいけるってやつ。だからそれなりに経験積んでるというか……ま、今は仕事が忙しくてフリーなんですけどね」

「……バイ……」

囲碁しか愛する気がない阿久津と違い、三池は性別関係なく人を好きになれるなんて、阿久津からしてみれば別世界の人間――すごい、としか言いようがない。

（だからか……こんな新しい扉を開かされたのは）

言いたくはないが、参(まい)った、と小さな声で呟いて、心地よい疲労感にあらがえず阿久津は意識を手放していった。

「寝る前に着替えてって言ったでしょーが！」という、スーパー家政夫の声を聞きながら……。


「か、か、か――勝ったぞ!!」

その日対局を終えたあと、阿久津は袴の裾をからげて家まで走った。

久しぶりの勝利に興奮し、とにかく一秒でも早く報告したかったのだ。

いつもは無愛想で地蔵のような阿久津が、めずらしく喜びの感情を露わにして家に飛び込んできたことに、台所で夕食の用意をしていた三池は目を丸くした。

「おかえりなさい。……勝ったって、対局ですよね。よかったじゃないですか」

味噌汁の味見に使っていたお玉と小皿を置いて、まるで自分のことのように嬉しげに笑う。

それを見て、嬉しさが倍増した阿久津は、「だろう……⁉」と声を上擦らせた。

とくに今日はどうしても勝ちたい一局――七大タイトル戦のうち、名人戦挑戦権をかけたリーグ戦だったのだ。「棋聖」「名人」「本因坊」「王座」「天元」「碁聖」「十段」の七大タイトルをめぐる戦いは、それぞれが一年をかけて行われるが、ここのところ負け星が多かった阿久津はすでに名人戦以外の棋戦からは予選の時点で脱落してしまっていた。タイトル戦以外の日々の対局をおろそかにしているつもりはないが、それでも棋士にとって特別である一局にかける思いは強い。とくに名人は、阿久津が史上最年少で獲った初タイトルで思い入れもあり、再びその座を奪還して、日本中に――応援してくれている『あの子』に、囲碁界のトップに返り咲いたと印象づけたかった。

昨日までは生きた屍のようだったのに、今日になり展望が開けたのは、あの出来事があったからだ。

囲碁を打って打って打ちまくることでしか今の自分を変えることはできないと思っていた阿久津が知った新しい世界——オナニー。

自分では面倒極まりなかったのに、三池に抜いてもらったら、今日はやけに頭がすっきりしていい勝ち方ができた。

オナニーのおかげだ。ハレルヤオナニー。ノーオナニーノーライフ。ウェルカムトゥーテクニカルオナニーワールド。

(わかった。これでわかったぞ。オナニーがスランプ脱出の光なんだと……!!)

オナニーさえ欠かさなければ、対局で負けることはない。阿久津春光名人の復活だ——!

このときの阿久津はそう信じ、ふっふっふ……と気持ちの悪い笑みを漏らして、三池を怪しませていた。

——しかし。

「……なんでだ……」

その夜から早速オナニーに励んでみたものの、うまくいかなかった。囲碁関連の想像をして興奮を高めつつ、三池のやり方にならいペニスだけでなく身体中を愛撫する——。やっていることは同じのはずなのに、触れる手が自分というだけでまったく違い、気持ちよくもなんともない。

昨日出したばかりだからか？　と思い、日をあけて何度かやってみたが結果は同じだった。

さすがに阿久津は気づいた。不慣れな自分ではどんなに跡をなぞったってダメなのだ。

——三池の手じゃないと。

最初の経験が衝撃的すぎて、自分ではそれを超えられない。

(頼むしかないのか。手伝ってくれ……と)

しかしそれはプライドが邪魔をした。はじめてのときは、現場を目撃され、勢いで命令した
……なんて流れがあったからだ。冷静時に、しかもこんな恥ずかしいことで頭を下げるなんて、
冗談じゃない。

そう思いはしたものの、カレンダーで名人戦スケジュールを確認し、焦りが募る。

勝ちたい。チャンスを逃したくない。だが、だが……いいや、やっぱり勝ちたい！

「ええい、背に腹は代えられん！」

自室でうんうんと唸っていた阿久津は、正座していた座布団からすっくと立ち上がると、三
池のいる台所に向かった。

「たのもう！」

もう見慣れてきたエプロン姿の背中に向かって威風堂々と叫ぶと、三池がびくっとして振り
向いた。手にはボウルと泡立て器を持っている。

「びっくりした……どこの道場破りかと思った」

「きみに頼みがある」

「頼み？」

「きみは神の一手の持ち主だ」

「は」

「だからどうか、俺の勝利のため、これからもその手を貸してくれ」

「……毎日プリン作ってくれとかそういう頼みですか？」

「違う！」

噛み合わない会話に先にキレたのは阿久津で、仕方なく順を追って話した――スランプ脱出の鍵（かぎ）がオナニーと気づいたはよかったが、自分でやってもうまくいかないこと。だからテクニシャン・三池にオナニー補助を頼みたいことを。

聞き終えた三池はボウルと泡立て器をテーブルに置き、疲れた顔で頭を抱える。

「それで神の一手か……。あの言い方でわかるわけないでしょ。しかもふんぞり返ってたし。あれが頼み事する態度って、さっすがわがままお姫様……」

ぶつぶつ言う三池に、世に言う「ディス」られているのはなんとなくわかったが、今の阿久津には彼から了承を得ることしか頭になかった。

「タダとは言わない。そのぶんの別途料金は払う」

わがままお姫様と揶揄（やゆ）されたばかりなのに、上から目線で「金は払うから俺の身体を愉しませろ」と今度はひひおやじ発言をする阿久津を、三池は唖然と見る。

「……阿久津さんそれ、かなり外道なこと言ってるって自覚あります？」

「う——うるさいな。外道上等、俺の棋士人生がかかってるんだ、ならもう他の些末なことなど気にしていられるか」

「些末って……」

三池に突っ込まれて、たじろぎはしても、今さら引けはしない。そんな態度と阿久津の勝利に懸ける燃えるような瞳を見て、しばしなにやら考え込んでいた三池は、はぁ……と深いため息をついた。

「……俺が断れば、他を探しにいきそうな勢いですね」

「なるほど。その手もあっ——」

「待って。わかった、わかりましたから……阿久津さんの執念は。はぁ……。そもそもあなたが言う衝撃的なオナニーを教えたのは俺ですしね……はぁ。身から出た錆か、はぁ」

はぁはぁはぁはぁ、見せつけかと感じるほどやたらため息が多いが、目をギラギラさせて詰め寄る阿久津をしばし見つめたあと——意を決したように「俺がやります」と言った。

「お金をいただくからには、一応業務のうちってことで、しっかりやらせてもらいます」

腹を括った三池の返答に、阿久津はほっとした。「なら早速」と急かすが、「このへん片づけるまで待ってください」と言われてしまう。

「こっちは一刻も早く神の一手を味わいたいんだ、そう待てんぞ。……というか、きみはなにをやってたんだ？」

「おやつ作りです。クリームいっぱいパンケーキ」

「……っ」

やった、という感情をごまかそうとして眉間に皺が寄る。しかしそれがよけいにわかりやすかったらしく、三池がくくっと笑った。

「プリンといい、阿久津さんてほんと見かけによらず甘党ですよね。しかもクリームのせのせタイプ」

「う、うるさいな。……普通だ」

「普通？　ほんとに？　……あ、そうだ」

三池はなにかを思いついたように、にやりと悪戯な笑みを浮かべた。

「あーん」

三池は人差し指でボウルの中から生クリームを掬うと、それを阿久津に差し出してきた。阿久津は眉をひそめる。

「なんだいきなり」

「物欲しそうにしてるから味見させてあげようと思って」

「誰がそん……っ」

「いいから。素直に口開けてみて。ほら、あーん」

しつこいので、阿久津はしぶしぶ口を開けた。あんまりむげにして、オナニー補助の件をなかったことにされては困る。

生クリームのついた指先を口に含むと、幸せな甘みが口内にふんわりと広がった。思わず頬が緩む。

「んん……美味い」

「じゃあ、俺も味見」

三池はそう言うなり顔を近づけてきて、ぺろっと舌で阿久津の唇をなぞった。驚いて目を丸くする阿久津に、どちらの味にかかわからないが——三池は満足げに双眸を和らげてみせる。

「ん。美味い」

「……なんだ今のは」

「してほしいんでしょ、オナニー補助。こういう始まりもあるんですよ？」

(……なんと!!)

阿久津は目を見開いた。すっぽんぽんになって、さあどうぞとオープニングを切るだけが、オナニーショーのはじまりではないらしい。こんな、まるで恋人同士の睦みあいのようなひときから、神の一手は繰り広げられることもあるのか。

(さすがだ……俺には想像もできん)

やはり恥を忍んで三池に頼んでよかったとしみじみ思っていると、ボウルから再び生クリームをたっぷり掬いとった三池の指がぬるりと唇を割って入ってきた。三池の骨ばった長い指が、生クリーム特有のぬめりを纏い、その甘さを塗りつけるように、舌の上をぬるぬると往復する。

「……っ」

三池に見つめられながら、そこを撫でられると、だんだんとおかしな気持ちになってきた。甘いだけじゃない、ぞくぞくとする感覚が舌から全身に行き渡る。口内に溜まった唾液が生クリームと混ざり合い、ぬちゃ、くちゅといやらしい音を立てると、溢れ返ったそれが口から顎、さらにその下の首筋まで、敏感な範囲を広げるように滴り落ちていく。

「あふ……っん」

思わず艶めかしい声を漏らすと、三池の瞳の色が変わった気がした。空いていたほうの手でひよこエプロンをはぎ取り、そばの椅子の背にかける。家政夫から雄の顔に切り替わる、ひとつのきっかけになっているようなこの瞬間を、思っていた以上に待ちわびていたことを、阿久津は胸の高鳴りから知った。

「吸って」

命令する声も、普段とは違って聞こえる。男らしくて、逆らおうという気が起きない。言うことを聞いたその先にはどんな快楽が待っているんだろうとドキドキする。

それが知りたい、一刻も早く、と望む思いに駆られて、阿久津はおずおずと三池の指に吸いついた。ちゅ、ちゅ、と音を立て、長い指の根元から先端までをゆっくりと往復しながら口に含み、味わう。皮膚のかさつき。関節のくぼみ。短く整えられた爪。それらすべてを口内の粘膜で擦り上げるたび、身体の中心が熱くなっていく。

「……えろい顔になってきましたね、阿久津センセ」

舐められているほうも感じるのか、くっ、と眉根を寄せる三池が色っぽくて、阿久津は自然とその顔がもっと見たいと思った。今度は指の股に舌を這わせていくと、阿久津の舌に絡んだ生クリームは熱で溶け、とろとろと三池の手首まで流れ落ちていく。それを追おうとしたとたん、顎先を摑まれ息が止まるほどのキスをぶつけられた。性急な仕草で袴を落とされ、帯を解いて着物を肘下まで下ろされ、その下の長襦袢まで乱される。

「んんっう」

まるで襲われた状態みたいな肌の露出の仕方に戸惑っている暇もなく、そのままテーブルの上に押し倒された。ガブガブとかぶりつくようなキスを何度かされたあとで、唇が離され、阿久津は呆然と呟く。

「……食われるかと思った」

「今日はそういう趣旨でいこうと思って。奪って奪って、相手を翻弄する形で。碁でいう、取り碁ですかね」

「……取り碁……？」

「囲碁って、地を囲う、と、石を取る、の二大要素で成り立ってるゲームでしょ」

言いながら三池はテーブルの上のボウルから生クリームを指で掬うと、それを阿久津の胸元から腹部、下半身の際どい場所にまで、小さく円を描くようにして塗りつけていった。同じことを、べつのボウル――こちらにはチョコクリームが入っていた――の中身でもやる。すると阿久津の身体には、生クリームの白、そしてチョコクリームの黒の模様が、点々と散った。

「今、あなたの身体は碁盤です。で、それぞれのクリームが白黒の碁石ね」

阿久津はびっくりして自分の身体を見下ろす。まさかそんなつもりでクリームを塗りつけられていたなんて――。

(俺の身体が碁盤に……俺が碁の一部に……っ)

なんだそれ、最高じゃないか――と囲碁バカの阿久津の目はときめきで潤む。

「相手の石を囲めば、取り上げることができるでしょ？　今、あなたの乳首の上には生クリーム――白がある。で、そのまわりを囲んでるのはチョコクリーム――黒だ。ってことは白は取り上げ。いただきますっと」

三池はべろりと舌を出して、右の乳首にのった生クリームを舐め取った。濡れた乳首が弾力のある舌になぶられる感覚に、阿久津が思わず「あ……っ！」と甘い声をあげる。

「と、取られた……俺の、白が……っ」

「ええ、俺のものにしました。まだまだ取りますよ？」

なるほど、碁盤とされた身体を見下ろしてみれば、白を取れる箇所がいくつもある。三池はそれを狙って、クリームを使い分けて塗っていたのか――。

「あっ、う、ぁ……っ」

碁盤上の石を――肌の上のクリームを舐め取られながら、新たにクリームを掬い取った指先で左側の乳首をいじられる。乾いた指とはまた違う新感覚にぞくりと肌が粟立つ。刺激をうけてぷっくりと勃った乳首のかすかな陥没部分に薄くクリームが溜まり、それを押し込む動きで指の腹でくりくり回されて潰されると、切ないような感覚が生まれた。無意識に胸を差しだし、腰を揺らす。

「……っく」

「取り碁にはまったみたいですね」

意地の悪い笑みを浮かべつつ訊いてくる三池は、まるで百戦錬磨の大御所棋士のようだ。

「取り碁はべつに、好きじゃない……っ、い、石を取るのに執着してると、どうしたって、石は薄くなる……っ、あんっ」

あまり恥ずかしい声を出したくなくて、指の背をかじりながら胸の上の三池を濡れた目で見下ろす。野生の獣みたいな雄っぽさがある瞳や表情に、心臓が壊れそうなほどドキドキする。そんな自分に戸惑って、目を逸らしたいと思うのになぜかそうできなくて――。

「反撃を食らうことも多いって？　確かに……攻めってのは、取るばかりじゃなくて、自分の模様を広げることも大事ですもんね」

「……詳しいな……っ？」

「まあ……仕事先の方の職業ってことで、多少勉強してきました」

もともとは興味もない分野なのに、阿久津が棋士だから、わざわざ知ろうとしてくれたのか――。初心者向けのレクチャー本を難しい顔をして読んでいる三池を想像すると、阿久津はなんだか胸がいっぱいになった。

「……自分の好きなものを、誰かと分かち合えるってことは、存外……悪くないものだな……」

ぼんやりと言葉を漏らすと、なぜか三池の表情が険しくなる。

「……そうやって無自覚にカワイイ爆弾落とすのやめてくれます？」

「……？」

「仕事だって忘れそうにな――いえ、なんでもないです」

振り切るように言って、じゅくぅ、とクリームが溶けて唾液まみれになった乳首を吸われる。

するとま理性が弾けて声も我慢できなくなった。

「ひ、やうっ……ああ……っ」

食べられている。比喩(ひゆ)ではなく、食べられている。

その快感が、背徳感が、視覚と触覚の両方から阿久津を追いつめてくる。交互に吸われ、しゃぶられた乳首は、白でも黒でもなく、真っ赤な果実に成り果てた。

そして確かに、阿久津の肌には、三池の模様――舐めて吸って濡らした跡が、そこかしこに広がっている。石を取られ地を広げられ、囲碁で言うなら勝利を手にする正しい攻め方だ。

「あっ、そこは……」

いつの間にか取り払われていた下着が足首にひっかかるだけになっていた下肢に、三池の手が伸びる。生クリームを纏った指が、すっと双丘(そうきゅう)の割れ目を撫で上げた。

「陰毛が黒の石とすると、脚に塗ったチョコクリームも黒だから、白で塗ったアナルは取り上げられちゃいますよね?」

ぞくぞくするような囁きを耳の中に落としながら、三池が指先を蕾に押し込み、ぬめりを広げるように隘路を犯し始める。

「んんっ……」

三池――神の一手は、たった一度の経験で、阿久津にそこを性感帯と教え込んでいた。待ちかねたとばかりに嬉しげに指を呑(の)み込み、奥へと誘い込む動きで蠢動(しゅんどう)する。二本にまで増やした指がぐちゃぐちゃと奥を掻き回しながら、三池はさらにぴんと反りたっていたペニスを口に含んだ。

「あー……っ!　一緒は……だめ、だ、強すぎる……っ」

快感が強すぎる――と、瞳を濡らしながら訴えるが、三池の攻めは止まらない。頬の内側で扱かれ、先走りが滲んだ先端を舌で抉(えぐ)られ、強く吸い上げられると、激しい快楽に背中が弓のようにしなる。唇からこぼれる甘い吐息も、いやらしく揺れる腰の動きも、もう止められやしなかった。

「は、あっ……！　あっ、ああっ」

碁盤にされたあげく散々攻めの一手を打たれた阿久津を乗せ、ぎしぎしと軋むダイニングテーブル。ペニスを吸い、蕾を犯す、うららかな午後に相応しくない淫靡な音。三池が料理を作る台所の、自分が舌鼓を打つテーブルという、日常生活を切り取ったその場所で、淫らな一局が繰り広げられる。

「ふぅ……うン……っ」

尻の孔の奥で特別感じる場所——ひとりでオナニーを試していたとき、前立腺と知った——を指で押され、同時に激しく舐めしゃぶられていた亀頭をいきなり解放され、ふっと息を吹きかけられた瞬間、その波はやってきた。

「イっ……く……！」

身体中に溜まっていた愉悦が一箇所に集中する。ぱんぱんに膨れ上がったペニスの先から凄まじい勢いで精液が噴き上がった。それは阿久津の肌、テーブルの上、さらに床にまで散り、快楽の深さを物語る光景を描く。

「あーあ。せっかく取った白が散らばっちゃいましたよ」

身体を起こし、口元を拭いながら、三池が呟く。今の今まで雄の顔で阿久津を翻弄していたのに、オナニー補助が終わるやいなや、すぐにひよこエプロンを纏って阿久津の後処理や片づけに勤しみだす。

それはいつもの、家政夫三池の姿だ。

（恐るべし、神の一手を持つ家政夫……）

心の中で三池を讃えると同時に、この男に頼んだ自分の目に狂いはなかったと、己の選択に誇りを持つ。

それにしても――取り碁をオナニーに落とし込んできたことといい、ルールをきちんとわかったうえでの解説ばりの言葉攻めといい。

（彼が勉強熱心なおかげで、正直、楽しかったな……）

勝ち負けもなく、プロ、素人関係なしに純粋に囲碁を楽しむ――そんな感覚は、『あの子』との手紙のやりとりでしか味わえないと思っていただけに、三池との触れあいは色んな意味で目からうろこだ。

（最近、あの子から手紙が来てないから、よけいそう思うのかもしれないな……）

忙しいのか、それともさすがに負けすぎて励ましの言葉も尽きたのか。理由はわからないが、彼女に見直してもらうためにも、早く勝利を積み重ねねば。

阿久津はそう、決意を固くするのだった。

三池の手を借り、人間らしい生活を送るようになってから——とりわけ性欲解消が勝利の鍵と気づいてからというもの、阿久津は絶好調だった。

連敗からの連勝。名人の称号を巡るリーグ戦も突破し、とうとう挑戦手合い突入、念願のタイトル奪還に手をかけているところだった。その活躍ぶりにメディアも『阿久津九段驚きの復活劇』とこぞって報道している。

阿久津がここまで心身ともに充実していると感じるのははじめてのことで、それは三池の存在なくしてありえなかったと、日々ありがたみが増す。

そんな三池も阿久津の快進撃を自分のことのように喜んでくれていた——が。

（どうも最近様子がおかしい……）

阿久津は三池に、異変を感じていた。家政夫の仕事はいつもどおり完璧、オカンかという口うるささは健在だし、オナニー補助にも変わらず付き合ってくれるのだが——。

（三池くん……最近ぼんやりしてることが多いような……）

心ここにあらず、というのだろうか。そんな三池を柱の陰からこっそりうかがっていた阿久津は、ぴんときた。もしかして、自分の世話で疲れている？

そう考えつくと、なんだかそわそわして、いてもたってもいられなくなった。はじめは三池の言うことやること全部を拒否して、相手の優しさや仕事に対するプライドを踏みにじっても、なんとも思わなかった。けれども今は絶対そんなことしないし、囲碁に没頭するあまり周りが見えていなかった自分を猛省（もうせい）している。

三池は本当に助けになってくれている。家政夫としての働きだけじゃない。——彼が家で待ってくれていると思うと、なぜか心が弾（はず）み、彼に勝利のおみやげを持って早く帰りたい、会いたいと、毎日考えるようになったのだ。

でも、勝ちに浮かれてまたオナニー補助をねだって——そんな日々の繰り返しが、三池の負担になっている可能性だってあるのだ。申し訳ないし、そんな思いをさせているとしたらイヤだな……と阿久津は痛む胸のあたりをぎゅっと押さえた。そして居間で洗濯物を畳む三池のもとに、じりじりと近寄る。

「おやつですか？」

阿久津の言いたいことを予測して問いかけてくる三池に、首をぶんぶんと振って「ち、違う！」と否定する。正座する三池の隣に座り、洗濯物に手を伸ばし、不器用ながらも畳もうとする阿久津の姿に、いよいよ三池の顔は不思議でいっぱいになった。

「熱でもあるんですか……？」

「べつにない……。あのな、三池くん。もう少し休みが必要なら、そうしろ」

「は？　いきなりなんです」

「だってきみ、疲れてるみたいだから……。週五、通いで俺の世話をするのは、大変なんじゃないか？　きみまで前の俺のように倒れては大変だ。だから……」

「気を遣ってくれたんですか？」

三池がフッと笑んで、たどたどしい阿久津の手元を見つめる。そんなつもりはなかったが、そうなのだろうかと思ったら、顔が赤くなった。

「成長したなぁ、プライドの高さ富士山級の、わがままお姫様が」

「悪かったな、富士山で。あと三十三の男を姫扱いするな」

「すいません、褒めてるんですよ、これでも。でもそっか……そんなふうに見えたか、俺」

三池が苦笑して、独り言のように小さく呟く。その表情にもやはり違和感を覚えたが、三池はすぐにぱっと明るくなって、阿久津に向き直った。

「じゃあ、阿久津センセのご厚意に甘えようかな」

「ああ、そうしろ」

「ならその休み、阿久津さんの都合に合わせるので、一緒にどこか出かけませんか？」

ふいの誘いに、阿久津は虚を衝かれる。

「……それではきみの休みにならないだろう」

「したいことをしていい休みなら、阿久津さんとどっか行きたいなと。——イヤですか？」

訊ねられ、阿久津は反射的に首を横に振っていた。そんなわけがない。むしろ。

（……嬉しい、かも、しれん）

友人と出かけるなんていつぶりだろうか？　三池を友人と位置付けていいかはわからないが、出会ったころからは考えられないほど、頼りにして懐いてもいる。そんな、阿久津比で近しい存在と過ごす休日だ。特別な出来事には違いなく、胸が期待に弾みだす。

「き、きみが望むなら」

平然を装い、答える。本当はとてもそわそわしていて、同じ洗濯物を畳んだり広げたりしていることには気づかなかった。

「よし。じゃあ決まり」

三池にばんと背中を叩かれ、その力強さにごほごほと咽せながらも、阿久津は棚からぼた餅のお出かけですでに頭がいっぱいだった——。


数日後。

三池との外出の日は、朝からよく晴れていた。いつも和服の阿久津だが、「今日は動きやすい格好のほうがいいですよ」と三池に言われたので、めずらしく洋服だ。といっても学生時代の古いものしかなかったので、夏南に事情を話して買ってきてもらったら、パステルブルーのパーカーに細身のパンツという、年甲斐もない服装になってしまった。それでしぶしぶ三池の前に出たら、当たり前だがひよこエプロンを外してこちらは若者らしいシャツとパンツ姿がよく似合う三池がぱちくりと目を見開き、「……いつもの渋い格好も似合うけど、そういう可愛いのも新鮮でいいですね」と言ってくれた。ほっとする一方、恥ずかしくてここから逃げてしまいたい気持ちにもなりながら、阿久津は玄関先で問うた。

「きみのための休みなんだから、行く場所はきみが好きに選べと言ったが……結局どこにしたんだ？」

阿久津が告げられていたのは動きやすい服装というポイントのみで、行き先はまだ知らずにいた。三池は「着いてからのお楽しみ」と言って、まず向かった先は、ボルダリング施設だった。こういうスポーツがあるのは知っていたが、見るのははじめてだった阿久津は驚き、「これを俺がやるのか……？」と呆然とした。

三池は趣味というほどではないが、以前友人の付き合いでやってみたとき、楽しかったので阿久津にも経験してもらいたいと思ったらしい。そんな三池は久しぶりには到底見えない軽快な動きで、阿久津を感嘆させた。断崖絶壁の岩場のような場所を、苦もなくひょいひょいと上っていく姿、晒された腕や膝下の筋肉の男らしさに、何度惚れ惚れしたことか。

阿久津も初心者なりに悪戦苦闘してみたものの、まるでダメだった、どころか多くの醜態を晒した。「いつも石を握ってるから、いけると思ったんだが……」と、ぜえはあしながら呻く阿久津に、三池は笑って「ナイスファイト」と言ってくれる。

　次に連れて行かれたのは大学のテニスコートだった。三池の出身校だそうで、テニス部のOBである彼はたまにここで後輩の相手をするらしい。「運動不足にならないよう、俺が付き合ってもらってるんです」と三池は言ったが、きっと学生時代は名プレーヤーで、今でも教えを請いたい後輩はたくさんいるのだろうということは、彼の華麗なラケットさばきから想像できた。これまた専門外とはいえ、ボルダリングと違い、テニスなら学生のとき体育の授業で経験がある。そこそこできるだろう――と思ったのが間違いで、ここでも阿久津は必死こいては失敗を重ねた。

「なぜラケットに当たらないんだ……碁石より大きいくせに、なんて扱いづらい、ボールのやつめ……」

　阿久津がへたすぎてまったく試合にならない打ち合いをしばらく続けたあと、阿久津と三池は構内のベンチに並んで腰かけて休息をとった。土曜日だからか学生の姿はまばらで、三池以外にあの情けない姿を見られずにすんでそこはよかったと思う。というか、本当は三池に「阿久津さん、囲碁以外もすごい！」と言わせたかったのだが、そんなのは夢のまた夢だった。

　テニスボールへの恨み言を漏らす阿久津に、隣に座る三池はくくく……と笑いを抑えきれない。

「ほんっと面白いな、阿久津さんて」

「……だが、まるで相手にならなくて、きみはつまらなかっただろう」

「そんなことないですよ。阿久津さんが体育系でないなんて百も承知で、俺が選んだんですし。それでも阿久津さん、戸惑いながらも一生懸命やってくれたでしょ。すごい嬉しかったです」

「そ、そうか……」

気遣われているとしても、阿久津はよかった、と心から思った。三池が少しでも楽しいと思ってくれたならそれでいい。その笑顔が見たくて、今日阿久津は不慣れなこともたくさん頑張ったのだ。

（よし。アレを渡すぞ。タイミング的には今だな……！）

その努力のひとつを、阿久津が持ってきていたトートバッグの中から取りだそうとしたときだった。

「三池？」

前の道を通りすぎようとしていた男がひとり立ち止まり、三池に声をかけた。スーツを着ていて、三池と同じ年代に見える。彼を見たとたん、三池の意識はそちらに逸れて、嬉しそうな顔で立ち上がった。

「島崎(しまざき)！　久しぶりだな。俺の卒業以来か。おまえ、院に進んだんだよな」

「そうそう。俺の研究にはおまえの存在が不可欠だと思ったのに、なんで院試受けてくれなかったんだよー」

「何度その話してんだよ」

わいわいと盛り上がる会話に、阿久津は入っていけない。しばし歓談し、じゃあまた、と次に会う約束を交わして別れたあと、三池は再びベンチに腰かけた。

「すいません、今の大学のときの友達なんです。お互い忙しくて、久しぶりに会ったからつい盛り上がっちゃって」

「そうなのか……べつに謝ることじゃない」

――と言いつつ、阿久津は少しへそを曲げていた。昔の友人に会い、嬉しくて話に花が咲くのは普通のことだ。わかっているし、拗ねるところじゃないのに、なぜか胸がもやもやする。

(なんだこれ)

自分以外の誰かと三池が親しくしているのが、どうしてこんなにも面白くないのだろう。子どもじゃあるまいし。三池だって、一度は友人を優先したことを謝ってくれたのに……。

(やめ、やめ。今日はわがまま言いたくないんだ)

自分の感情に戸惑うものの、振り回されたくない阿久津は、頭を大きく振ってもやもやを払おうとする。

そして気を取り直すように、「これをきみに」と言って、トートバッグからある物を取りだした。

「タッパー……？」

「ほ、本当はタッパーじゃなくて、ちゃんときれいに包もうとしたんだが……いかんせん不器用で、ゴミ袋みたいになってしまったんで、やめた。……こんなのですまない」

阿久津はあたふたしながら、三池に差しだしたタッパーの蓋を開けた。中には形がいびつな、黒と白、二色のクッキーが詰められていた。

「……きみのようにうまくはいかないものだな」

恥ずかしげに言う阿久津と、不格好なクッキーを交互に見て、三池が驚きの表情を浮かべる。

「阿久津さんの手作り……!?」

「黒と白で、碁石を意識して作ってみたんだが」

三池が噴きだす。

「半ナマと焦げすぎじゃないんだ……っ」

ぷるぷると震えながら笑い続ける三池に、「石だ!」と強気に主張してすぐ、「……だと思う」と小声で付け加える。三池は笑いをおさめると、言った。

「料理なんて、一度も興味示したことないのに。いったいどういう風の吹き回しです?」

「……きみに礼がしたかったんだ。家政夫への正当な報酬とはべつに……いつもありがとう、迷惑をかけてすまないという……気持ちを、形にして贈りたかった」

三池がはっと目を見開く。

「阿久津さん……」

「夏南のアドバイスでもあるんだ。いつも俺のわがままを聞いてくれるきみの苦労をわかったほうがいいと言われてな。じゃあ料理だろうと、弁当や他のお菓子にも挑戦はしてみたんだが……ダメだった。ことごとく。惨敗だ」

三池が帰ったあと、台所で悪戦苦闘したあげく、ありとあらゆる恐怖の食物兵器を生み出した記憶を思い起こし、阿久津が肩を落とす。成功とは言えないが、唯一ましな出来だったのが、このシンプルなクッキーなのだ。

「挑戦て……ちょっと待った」

三池は慌てたように、阿久津のパーカーの袖をめくった。オーバーサイズで隠れていたが、阿久津の手には料理で負った切り傷や火傷の怪我を保護する絆創膏があちこちに貼られていた。それからも、阿久津の奮闘ぶりが透けて見える。

「囲碁バカの阿久津さんが……俺のために、大事な手をこんなにしてまで、時間や労力を使ってくれたんですか……?」

呆然と三池が言う。彼の指が、そっと絆創膏の上をなぞった。

「きみがいつもしてくれていることだ。……どんなに大変で、みながみなできるわけじゃないというのが、身に染みてわかった」

三池と出会う前の阿久津は傲慢だった。棋士の自分をどこかで特別視していて、一方家政夫など誰でもできるようなことと軽んじていた。だからこそ、スランプの苛立ちに任せて三池に悪態を吐いたりと、身勝手な行動をとってしまった。

「……俺は、きみが身の回りの世話をしてくれるようになってから、碁の成績だけじゃない、心身ともに変わったと思う。感謝している……だからこそ、はじめに家政夫なんて意味がないと言ったことを撤回して、詫びたいんだ」

阿久津は真摯に言葉を述べ、頭を下げた。

「すまなかった。そして……いつも支えてくれて、ありがとう」

三池からなんのリアクションもないので、おそるおそる顔を上げたら、固まったまま目尻に涙を浮かべていたのでびっくりした。

「なにも泣くことはないだろう！」

「だって、あの高慢チキチキ阿久津センセが、俺の仕事認めてくれて、その上こんな……っ、感動しないほうがおかしいでしょ」

感動してくれたのか――。

面映ゆくて、嬉しくて、阿久津は頬を染めた。食べていいかと訊かれ、もちろんだ、と答える。涙を拭ったあと、わくわくした様子でクッキーを手に取り口に放り込んだ三池だったが、岩を噛み砕くような咀嚼音が響いた瞬間、「う……っ」と呻き声をあげた。すかさず阿久津は言う。

「あ、ちなみに形になっただけで、美味いとは言ってないぞ」

「そういうことはもっと早く……いや、これはこれで、アリか」

阿久津も一応は味見をしたから知っているが、お世辞にも美味しいとは言えないのに、三池は笑顔で次々と食べてくれる。優しいなと、じんとして見つめていた阿久津は、自分の中に起こる異変に気がついた。

(……なんだこれは？　心臓が……うるさい。脈も速いし……顔も熱い)

なんてことだ、病気だろうか——と焦るが、少しして、違うと思い至る。この胸の苦しさは、そういう類のものじゃない。囲碁以外のことで頭も胸もいっぱいになって、ずっとこうしていたいと願う……もっと幸せな苦しさだ。

(……ああ。そうか)

阿久津はふっと気づいた。

(俺は……好きなんだ。彼のことが)

だから、三池のためにと似合わない努力を重ねた。喜んでほしい、楽しんでほしい、その一心で。

三池が親しい相手といるのを見てもやもやしたのも、嫉妬にほかならなかったのだ。

悩んでいるときは難しい問題も、解けてしまいさえすれば答えはあっけないほどシンプルで——そこは、恋も碁も似ているのかもしれない。

「どうかしました？　顔が赤いですけど」

「……な、なんでもない、ぞ」

クッキーを頬張る三池に不思議そうに問われ、慌てて平静を装おうとするものの、声がひっくり返ってしまった。

――ああ、棋譜のような、恋愛の参考書があればいいのに。

恋愛初段になったばかりの阿久津春光は、この先どうすればいいのかまったくわからず、心の中で思い切り頭を抱えるのだった。


恋心の芽生え（めば）えは、阿久津を大いに悩ませた。

好きと気づいた以上、これまでどおりじゃいられない。対局のため、オナニーを手伝え、なんてねだれるはずがあろうか。

だからといって、普通に想いを伝えるのも躊躇う。三池はバイなので、性別は問題にならないとしても、阿久津自身が問題児だからだ。

三池にしてきた行為――自分の態度の悪さは自覚している。後悔し、詫びたとはいえ、なかったことにはならない。

そもそも金でオナニーを強要しているし、肝心の囲碁もそれなしではスランプまっただ中だったし……そんな最低な自分の気持ちを打ち明けたところで、受け入れてもらえるはずなんかない。

正面からぶつかって三池とぎくしゃくするくらいなら、特別な関係を望むべきではないのだろうか？

もう知ってしまっている三池の手や唇の熱さを、どうしたって手放すことはできない。……触れてほしい。

——恋は人をここまで臆病にさせるのかと痛感しながら、結局阿久津はその晩も、「対局に勝つため」という理由をつけて三池を自室に呼んだ。

阿久津を興奮させるため、これまではなんだかんだと三池が考え囲碁をオナニーに落とし込んでもらっていたが、この日ははじめて阿久津のほうから提案した。「今まで嫌いだったライバル棋士を好きになり、一線を越える」という設定でいきたいと。

「できればなんだが……阿久津九段と呼びながらしてくれないか」

全身全霊（ぜんしんぜんれい）で平静を装いながら言ったことに、三池がぽかんとする。

「それってつまり、イメクラ的な……？」

「いめくらとはなんだ」

「知らないで言ったのか……いや、いいです。わかりました」

その答えに阿久津はこっそりと浮かれた。三池には秘密だが、ライバル棋士は三池を想定している。これで、疑似的なものではあるが、『棋士の阿久津春光』として——現実に近い形で触れてもらえる。囲碁の要素に、恋の自覚が加われば、今まで以上に行為に没頭した。

「ずいぶんといやらしい身体してたんですね、阿久津九段。いつもすました顔で碁を打ってるあなたからは想像できないですよ」

実際の三池はオナニーに何度か付き合わされ、阿久津のいやらしい一面などすでに見てわかっているだろうが、きちんと設定を呑み込んで感嘆の言葉を呟いてくれる。本心じゃないとわかっているのに、そのひとつひとつに、阿久津の胸はときめいた。

「あ……んぁっ……」

明かりを最大限まで落とした自室の布団の上で、浴衣を剝かれた肌の上を、阿久津を組み敷いた三池の熱く濡れた舌が余すところなく這っていく。独占欲を感じる愛撫に阿久津は身体をくねらせ酔い痴れた。

腹を円を描くように撫でられながら、舌先で乳輪の形をなぞられる。その悪戯な動きに焦れて、腰が揺れるのを止められなかった。濡れた吐息に喘ぎが混ざる。

「ん、く、そんなふうにしたら……っ」

「こんなにビンビンに尖らせて……。もしかして、俺との対局中からこうだったとか？」

「そっ……そんな破廉恥なわけが……」

「破廉恥でしょ、阿久津九段は。本当のこと言ってくださいよ」

「うぁ……っ」

腹を撫でていた手が下に滑り、薄い茂(しげ)みを掻き乱す。くいくい、と毛を引っ張られ、恥ずかしい言葉を催促される。

「……対局中は、違う……でも、終わったあと、してた……きみを思って、ひとりで」

「やーらし……。どんなふうにです?」

「胸……っ、摘まんだり……潰したり……」

「感じました?」

「きみにこうされたいって思ったら……感じた」

「あんまり可愛いこと言わないでくださいよ」

「あっ……ふぅ……っ!」

鼻から抜けるような甘ったるい声があがったのは、尖ったまま放置されていた乳首を軽く吸ってもらえたからだ。弾力のある唇に挟まれ、その奥の熱い粘膜を、敏感な乳首で感じてたまらなくなる。気持ちよさに促され、甘えが羞恥を上回った。

「ん、あ、もっと……もっとそれ、してほし……っ」

「こう……?」

「あぁ……ん」

くちゅくちゅと音を立てて乳首を吸われながら、舌で乳頭をつつかれる。こんな小さな突起がこれほどまでに大きな快感を拾えるだなんて以前は思いもしなかった。

「こっちも可愛がってあげないと……」

下半身に伸びてきた三池の手に下着を下ろされ、すでに硬くなっていた部分を露わにされる。先走りを手に塗りつけて巧みに幹を擦り上げ、同時に乳首を強く吸う。

弱いところを一緒くたに攻められたら、快感が大波のようにざぶんとやってきて、阿久津はひとたまりもなかった。

「俺の目の前でイってくださいよ、阿久津九段」

「だ、めだ……っ！」

きつく目を瞑り、びくんびくんと腰を震わす。たっぷりと出したあと弛緩して、目を開けて見た光景は、阿久津の白濁に濡れた指を舐める三池だった。

「ん。すっきりしました？」

その男らしい仕草に、垣間見える優しさに——胸がぎゅっとなり、想いが溢れ出す。

いつもならここで終われた。

でももう止まれない——もっと欲しい。三池に、奥深くまで触れられたい。

「……名人戦七番勝負は、きっとどの対局より、厳しい戦いになる。だから、今までと同じやり方では……その、効果が足りない気がする」

言い訳が勝手に口をつく。三池が眉をひそめた。

「なにが言いたいんです?」

「……オナニーより、もっとすごい……セックスがしたい」

阿久津は口から心臓が飛び出そうなほど緊張しながら、そっと三池の股間に手を伸ばした。

どうか、好きな男にただ抱かれたいという本心がばれませんようにと願いながら、努めて冷静に言葉を紡ぐ。

「……きみのコレを、俺に挿れてくれないだろうか」

「……自分の言ってること、わかってます? 未経験でしょうが」

「だ、だからだ。棋士の初体験が、囲碁のためというなら本望だ。きみも言ってたじゃないか、仕事が忙しくて相手を見つけるどころじゃないって……。なら、俺は……どうだ? ダメか? 俺では、いっときの発散相手にもなれないか……?」

「そんなつもりは……っ!」

かっとなり、三池はなにか言いかけたものの、目を潤ませ必死に誘いをかける阿久津を見て、ぐっと続きを呑み込んだ。そして、一度は摑みかけたひよこエプロンを再度放り投げる。

「阿久津さんは囲碁のために抱かれる。俺は性欲発散のために阿久津さんを抱く。……それを望むんですね?」

阿久津は頷いた。——本当は違う、けれど今は、三池とより深く繋がる術はそれしか思い浮かばない。

「言っときますが、俺まじで久しぶりなんで。理性飛ぶかもしれませんよ」

「の、望むところだ……あ……ああっん！」

三池の指がいきなり二本、阿久津の蕾に差し込まれた。オナニーで散々そこを開発されていたので苦もなく呑み込み、すぐに三本に増やされても痛みはなかった。さっき放った阿久津の精液を内部に塗り込むように、ぐじゅぐじゅといやらしい音を立てながら慣らされる。後ろを弄られるうち、前も再び兆してきた。それどころか先端からとめどなく蜜が溢れ、幹を伝い落ちて蕾を濡らし、三池の侵入を一刻でも早くと急かす。

「あ……や、三池くん、早く……」

「……くそっ」

三池は阿久津の中から性急に指を引き抜くと、ジーンズのフロント部分を緩め、取りだしたペニスを数度扱きあげた。露出した時点で半勃ちだったが、あっという間に天を突くようにして反り返った肉棒に、阿久津は思わず喉を鳴らした。

（あれが、三池くんの……）

自分のとは全然違う。大きくて、長くて、色も赤黒くて……亀頭の張り方も立派だ。生き物みたいにビクビク動いていて、あれを中に挿れられたらどうなってしまうんだろうと、想像するだけで蕾が疼く。

「まさかこんなことになるとは思ってなかったから、ゴムなんてないですよ。……すいません、外に出すんで」

　ああ、と答えた瞬間、三池の充溢が蕾にあてがわれた。緊張と期待に開かされた脚がぶるぶると震える。その瞬間を見逃さないよう、眼鏡をしっかりとかけ直し、繋がりあった部分をじっと見つめた。

（み、三池くんが……俺の中に……っ）

　一番太い亀頭を呑みこんだものの、三池のそれは幹も太くて長大だ。みっちりとした内壁を掻き分けるように進んでくるのがわかる。

「んん……っ、まだ入りきらないのか……？　指と全然違う……っ」

　打たれた熱い杭に自分が内側から割り開かれていく想像で身を硬くして、三池の侵入は半ばほどで止まってしまった。向かい合う三池の息遣いが荒い。彼も苦しいのだとわかるが、阿久津の苦しみはそれ以上だ。

「……力抜いて、阿久津さん……じゃなかった、阿久津九段」

「そんなこと言われても……、だいたいきみのが大きすぎるから……っ」

　責めたつもりなのに、なぜか内部でさらに三池が大きくなった。

「こっ、こら！」

「……ッ、今のは阿久津九段が悪いんですよ」

呻く三池に片足を抱え上げられ、布団にうつぶせにされる。動きやすくなったのか、そのまま一息に奥まで突き込まれた。

「はぁっ……！　ぅっン、あ、やあ……っ」

お腹の中が三池でいっぱいになる。熱い昂りがどくどくと脈打っていて不思議な感覚だった。セックスって――ひとつになるってすごい。自分の中で今まさに革命が起こっているようだ。

「動くから……」

三池の熱く掠れた声が律動の始まりを告げる。中に入っているだけで、心も身体もいっぱいいっぱいだったのに、うぶな肉壁を灼熱の棒でごりりと擦られれば、はじめて知る刺激に阿久津は悲鳴をあげた。

「ふああっ」

小刻みに奥を突かれる。粘膜同士がぶつかるぱちゅぱちゅとした音に、恥ずかしいのに淫らな気持ちをひどく煽られる。

敏感な入り口に太い亀頭を呑み込まされたまま、腰をぐるりと回されると快感が全身に広がった。顔をふにゃふにゃにして身悶えると、腰を摑んで固定されそれから一気に根元まで押し込まれ、潤んだ内壁を硬い先端で抉るようにして奥をしこたま攻められる。

「な、なんかへんだ、俺の身体……中までぶるぶるして……あああっ」

「ああ、すげー痙攣してる……めちゃくちゃきもちー……」

振り向きざまに見た、目を閉じて快楽を味わう三池の色っぽさに、きゅんとしてまた締め付けをきつくしてしまう。三池が切なげに表情を歪めた。

「っ、本当にはじめてですか？　コッチで先に名人になってどうするんです」

このままでは持っていかれると思ったのか、三池の手が乳首とペニスを同時にとらえる。硬くなった乳首を揉み解されながら、ぐちょぐちょのペニスを扱かれ、阿久津の目の前に白い光が散り始めた。

「ぜんぶ、したら、もう……っ！」

イってしまう――と言おうとした瞬間、三池の雄々しいペニスに前立腺を抉られ、阿久津は堪える間もなく頂点に上り詰めて二度目の精を吐いた。

「……あ、あぁ……んっく……っ」

快楽に歪む顔はきっと見られたものじゃないと思うのに、三池は熱を帯びた瞳で見つめてくる。そして苦しげに眉間に皺を寄せた直後、阿久津の中からペニスを引き抜いた。

「……ふ……っ」

艶めかしい息を漏らしながら、三池が射精する。手を添えたペニスの先から勢いよく噴き上がった白濁は、横たわる阿久津の背中から腰までを汚した。

自分の肌の上に手のひらを滑らせ、付着した三池の精を見ていると、本当にセックスしたんだという実感がじわじわと湧いてくる。

（俺でイってくれた。嬉しい……）

感動さえ覚えていると、手際よく身なりを整え終えた三池にその手をとられ、シーツで拭われる。もったいない、そう思ったが、口には出さずにいた。

「阿久津さん……身体、平気ですか？」

「ん……」

「すいません。畳にも少し散ったかも」

「べつに大丈夫だ……」

「大丈夫じゃないでしょ。汚れや匂いは拭けば取れるかもしれないけど……こう、心情的に。だってこの部屋、囲碁を教えてくれたお父さんがもともと使ってたのを引き継いだんですよね？　思い出が詰まってる、棋士としての自分の始まりの場所って言ってたくらいだし、大事でしょ」

事後の余韻でぼんやりとしていた阿久津の意識が、その三池の言葉で覚醒する。

（……どうして知ってるんだ、それを）

この部屋のルーツについては、メディアを通じて話したことは一度もない。

教えたのはひとりだけ。

誰よりも熱心に応援してくれる、『手紙のあの子』だ。

あの子となら、ごくごくプライベートな情報——阿久津が大切に胸に秘めている思いも共有したいと、いつかの手紙の返信に書いたのだ。

それを三池が知っているということは。

（三池くんが、手紙のあの子本人……？　女性ではなかったのか……いや、それより）

決定的証拠を得て、今度は疑問が頭に浮かぶ。

なら——なぜ、その可能性を疑って阿久津が『三池浩之』の名を出して確かめたとき、三池は否定したのだろう？　囲碁だって阿久津宅での仕事のためわざわざ勉強してきたようなことを言って——あの子なら、もとから興味も知識もあったはずなのに。

「……なあ、三池く……」

本人に確かめるべく、口を開いた阿久津だったが、タイミング悪く鳴り響いた玄関チャイムの音に邪魔された。訪問者は夏南だった。三池を問いただすどころではなくなり、阿久津は慌てて身なりを整え自室を出た。なにせ夏南は鍵を持っているので、待たせたらこの事後感丸出しの部屋まで勝手に入ってくることもできてしまう。なんとかその事態は回避し、居間へと通された夏南は、「うーん、さすがは三池さん。お兄ちゃんが腐海に戻す隙も与えないほど、きれいにしてるね」と感心した様子であちこちを見ていた。夏南がここへ来るのは阿久津が倒れたあと様子を見にきて以来で、そのときもビフォーアフターぶりに驚いていた。

「なによりお兄ちゃん、お見舞いにきたときとは比べものにならないほど顔色もよくて元気そうだし、安心したよ」

長机を挟んで向かい側に座った夏南が言う。

「ああ。あのときは心配かけて悪かったな。それに先日の電話でのアドバイスも助かった。俺ひとりでは三池くんにどんな礼をしていいか、いい案が浮かばなかったからな」

「そう、それ！　手作りクッキーどうだった？」

当の三池は茶を淹れに台所へ行っているので、夏南はわくわくと訊いてくる。「あれな……」と呟きつつ、阿久津はほんのりと赤くなった。うまくもないクッキーを、嬉しそうにひとつ残らず食べてくれた三池の笑顔を思い出し、そのとき感じたときめきが鮮明によみがえってくる。あのクッキーが恋心を自覚させてくれたようなものだ。

「物は違えど、あれはあれでフォーチュンクッキーだったのかもしれないな……俺の運命……幸運……」

「え。なにしみじみ意味わかんないこと言ってんの。お兄ちゃん大丈夫？」

夏南に怪訝な顔をされ、ぼやーっとしていた阿久津は慌てて咳払いをし、恋する乙女思考を振り払った。

「ま、まあ、喜んでもらえたということだ」

「そっかぁ、よかったね。本当に三池さんには感謝してもしきれないよ。いつ囲碁と心中するかと思ってたお兄ちゃんが、こんな人間らしい生活を送ってるんだから。仕事も順調みたいだし、あとは恋人でも作ってくれたら私も安心なんだけどな」

タイムリーな話題に阿久津はどきりとする。

「こ、恋人って」

「囲碁以外にも気を配れるようになった今が、恋愛するいい時期だと思うけどなぁ。でもお兄ちゃん、自分でがつがついくタイプじゃないし……あ、お見合いなんてありじゃない？」

長机の上に身を乗り出し、うきうきと話を進める夏南は、今にもお見合い相談所に阿久津を引っ張っていきそうだ。勝手に家政夫を契約してきたときのように。

「あ、あのな、夏南」

阿久津の恋人探しに乗り気な夏南を手で制し、どう言おうか迷ったものの、阿久津はストレートに伝えることにした。大事な妹には、相手が三池であるとまでは言えないまでも、それ以外は包み隠さずにいたいと思ったからだ。

「……お兄ちゃんな、実は……好きな人がいるんだ」

よほど意外だったのか、夏南の目がこぼれ落ちそうなほど開かれる。

「俺の調子がいいときも、悪いときも、変わらずに長年応援してくれる……いい子なんだ。その子の存在があったから俺は頑張ってこれたし、これからも棋士として人として成長していきたいと思ってる。……その子に恥じない自分でありたいからな」

手紙の送り主であることを、どうして三池が否定したかはわからないが、彼が長い間阿久津を支えてくれていたのは事実だ。出会う前も、出会ってからも、ずっと――。

もしかすると、三池を好きになったのは必然だったのかもしれないと思う。

「だから見合いも、その子以外の恋人も考えられない」

はっきりと告げる阿久津に、夏南は不満顔だ。

「それってあれでしょ。いつも手紙くれるファンの子でしょ」

実家で暮らしていたころから散々『手紙の子』のほぼノロケ話を聞かされていた夏南はさすがに鋭い。

「本気なの？　会ったこともないのに」

「それでもいいんだ。……あの子がいい。あの子しかダメなんだ」

そう――『三池浩之』の代筆を買ってでていた、手紙の主として会ったことはなくても。

実際に接した『三池双葉』を好きになったから、この心は揺らがない。

「……というわけで、俺の恋人探しは諦めてくれ。それより夏南、おまえはどうなんだ？　昔から言ってるが、お兄ちゃんは大事な妹をどこぞの馬の骨なんかにはやらんからな、その点をよく踏まえて――」

「わーっ、始まったよお兄ちゃんの説教！　ガミガミおやじ！」

「おやじとはなんだ！　いいか、おまえを一生食うに困らせない財力、誠実さは言わずもがな――」

夏南の伴侶についての話にすりかえ、阿久津がくどくどと語っていたところに、お茶を持った三池が入ってきた。

「あっ、三池さん助けて！　お兄ちゃんがうざい！」

夏南にヘルプを求められ苦笑する三池は、いつものように「阿久津さんが困った人なのは普段どおりですよ」とかパンチのある返答をすることもなく、それどころか阿久津と目も合わさず、さっと湯飲みを置いて居間から出ていってしまう。

（……なんだ？）

そのぎこちない様子に阿久津は引っかかりを覚えたものの、自分から話題を逸らそうと必死な夏南に「私が恋愛成就の方法を伝授してあげる！」と捕まり、三池の背中を追いかけることは叶わなかった。


「三池くん、まだかな……」

阿久津はそわそわと時計を見ては、居間をうろついていた。長机の上には、炊き立てのご飯に豆腐とわかめの味噌汁、卵焼きという定番の朝食メニューが並んでいる。三池を驚かせようと、阿久津が料理に再チャレンジして完成させた品々だった。たったこれだけの簡素な品を作るのに、何時間かかったことか。それでも諦めず、納得のいく味になるまで何度も作り直したのは、先日家にやってきた夏南に帰り際、こう言われたからだ。

――好きな人がいるなら、脈がないなら、好きになってもらえるよう努力すればいいじゃない。努力は得意でしょ？

会ったこともない手紙の相手を本気で好きになった兄への、夏南らしい叱咤激励に、阿久津は勇気をもらったのだ。

確かにそうだ。こんな自分を好きになってもらえるだろうかという不安でがんじがらめになる前に、まずはそんな自分を変える一歩を踏み出さなくては――と。

「……味噌汁はこれくらいでいいだろうか？　しょっぱくはないだろうか……卵焼きのこの程度の焦げは許容範囲だろうか……」

ぶつぶつ言いながら居間を徘徊していたとき、玄関のチャイムが鳴った。「来た！」と目を輝かせ、玄関へすっ飛んでいく。

「待ってた……ぞ……？」

「おはようございます、阿久津さま。ひよこ家政婦派遣サービスから参りました、中川と申します」

現れたのは三池ではなく、ベテランの雰囲気漂う初老の男性だった。阿久津はぽかんとした表情になる。

「ひよこ……って、三池くんの会社の……？」

「そうです。本日より三池に代わり、私が阿久津さまのお宅で働かせていただきます。突然のご報告になり、大変申し訳ありません」

「……は？」

深々と頭を下げられ——衝撃的なことをさらりと告げられる。呆然としたのち、阿久津はひどく混乱した。

「ど、どういうことですか？　そんなの一言も聞いてませんし、だいたい彼との契約期間はまだあるはずで……っ」

「詳しい事情は私も存じ上げないのですが、三池のほうから契約解除を申し出たと上からは聞いています」

本当に申し訳ありませんと、中川が言葉を重ねる。社の都合で客を振り回してしまい、彼としても心苦しいのだろう。

(事情ってなんなんだ……！)

黙っていきなり自分の前から姿を消す理由がさっぱりわからない。あまりに一方的な仕打ちに、阿久津はいてもたってもいられなくなった。

「……中川さん、悪いが留守を頼みます」

そう言い残すと、阿久津は靴（くつ）を引っかけるなり外へと飛び出した。三池を直接問いただすつもりだったが、よくよく考えると、彼の自宅を知らない。会社が教えてくれるはずはないが、もしかしたらその会社にいるかもしれない。そんな希望を持って、阿久津が精一杯駆けていたときだった。住宅街の中にある公園を通りすぎようとして、はっと立ち止まる。

（あれは……夏南？）

道路と公園を隔てるようにして立ち並んだ木々の間から、ベンチに腰かける夏南の姿が見えた。しかもその隣にいるのは——三池ではないか。

（ふたりでなにを話してるんだ……？）

ふたりの表情には深刻さがうかがえた。もしかしたら阿久津宅での家政夫の仕事を突然辞めたことに関係する話かもしれない。そう思い、さらに距離を縮め、耳をそばだてた。ふたりは阿久津に背を向けるようにしてベンチに座っているので、阿久津の存在には気づかない。

「……ごめんなさい。こんなこと言っても、三池さんを困らせるだけってわかってるのに。……ダメだなぁ、私って。お兄ちゃんに普段えらそうに言っておきながら、自分だってひとりじゃなんにも解決できない」

夏南さん、と三池が夏南の両肩を摑み、自分と向かい合わせる。目と目をしっかりと合わせ、夏南の気持ちを落ち着かせるように。

「そんなふうに自分を責めないでください。あなただけの問題じゃないんですから、それでいいんです」

「三池さん……」

優しい声に感極まったのか、夏南は目にいっぱい涙を浮かべると、次の瞬間——三池の広い胸に縋りついた。

「……好きなだけなの……」

「わかってます。あなたの気持ちは」

「でも……お兄ちゃんになんて言おう……」

「一緒に考えましょう。どうしたら阿久津さんに認めてもらえるか」

三池が夏南の背中に手を回し、慰めるようにゆっくりとさすってやる。すると気分が落ち着いたのか、くすんと鼻をすすった夏南が、顔を上げてえへへと笑った。

「……うん。ありがとう。やっぱり頼りになるなぁ、三池さんて」

それを見た三池も微笑み返して——どこからどう見ても、ふたりは心を通わせあった似合いの男女だった。

阿久津は一歩、二歩と後ずさり、踵を返した。

(今のはいったい……)

ふらふらと歩きながらも、今見た光景が、耳にした会話が、頭から離れない。

(あのふたり、いつの間にあんな仲良く……?)

夏南ははっきりと、三池に向かって「好き」と言った。三池も困惑しながらも、その気持ちを受け入れていたようだし——。阿久津が知らないところで、ふたりはずいぶんと距離を縮めていたようだ。

(抱き合って……たよな。それってつまり……ふたりは付き合っている、ということか……?

そうなのか……!?)

夏南の肩に、背中に触れていた三池の手を思い出し、導き出された答えに、猛烈な怒りがこみ上げてくる。ただ単に、大事な妹に手を出したことに憤っているんじゃない。——夏南を好きならば、どうして三池は自分を抱いたのだ?

(不健全な……!! やっぱり見た目どおりのチャラ男じゃないかっ)

抱いたときはまだ夏南に心揺れていたときだとしても、不誠実極まりない。あれだけ自分を乱した手で、よく夏南に触れられたものだ。そんな男に夏南を託せるものかと、再び踵を返してふたりの間に割り込むことを考えた阿久津だったが、三池を信頼しきっていた夏南の笑顔を思い出してぐっと思い止まる。

(……夏南にとっては、あれはイイ男で、本気で好いているんだ……。でも、だったら……ふたりに交際を告白されたら……俺はどうしたらいいんだ?)

気持ちとしては断固反対だが、その理由を、夏南に話せるわけがない。おまえが好きなその男は、おまえという本命がいながらお兄ちゃんを抱いたんだぞ。クズだとは思わないか、お兄ちゃんは失恋だ、どうしてくれる——なんて。

（第一、クズは俺もだし……）

そもそも三池は好き好んで阿久津に触れていたわけじゃない。そうするよう、阿久津が金で強要したのだ。そんなえぐい話を夏南にしようものなら、兄妹の縁を切られかねない。

（結局、俺の失恋は確定的。夏南に言えることは、なにひとつない。……俺が全部呑み込んで、諦めるしかないじゃないか）

三池に言ってやりたいことは山ほどあるが、全部ブーメランで自分に返ってくるのを予想して、気持ちが落ち込む。そういう修羅場を避けるため、三池は契約解除を決断したのかもしれない。阿久津とのただれた関係を断ち切らねば、夏南の求愛を受け入れる資格はないと、覚悟を決めたか。

（それか、お金をもらってもイヤだってほど、俺に愛想を尽かした……か）

理由はどちらもかもしれない。身に覚えはたくさんあるのだから。

三池の馬鹿野郎。俺の大馬鹿野郎。

自分たちの秘め事なんて、一生夏南には明かせない。そのうえで心から夏南を祝福してやれるかどうかも自信がない。

——こんな面倒な恋なら知りたくなかった。

むしゃくしゃするうちに阿久津は家に帰り着いていた。中川が台所に立っているのを見て、ああ、もう三池はいないんだなと思う。怒りを盾に、目を背けていた悲しさを、そのときはじめてリアルに感じた。

「おかえりなさい、阿久津さま。あの、居間にあるお食事はどうなさいます？　召し上がるのなら、すぐに温めますが……」

阿久津の帰宅に気づいた中川が、ひょっこり居間に顔を出して訊ねてくる。冷めた料理を一瞥した阿久津は、「……すみませんが、処分してください」と言って背中を向けた。廊下を足早に進み、自室に入って襖を閉める。

（……バカだな俺は）

三池に好かれようと、あんなへたな料理を並べて、うきうきと彼が来るのを待って。自分の見事な空回りっぷりに嘲笑が浮かぶ。

「……っ」

三池への恋心を、今すぐなくすのは難しい。けれどもそれこそ忘れる努力をしなくちゃいけないのだ。三池には夏南を幸せにしてもらう、自分は囲碁のため彼を利用させてもらっていただけ——そう割り切れば楽になるとわかっているのに、なぜか涙が溢れてくる。

（……三池くん……っ）

阿久津は襖を背にずるずるとその場に座り込み、年甲斐もなく泣いた。スランプ中、どんなに負けが続いたときも、涙なんか流さなかったのに。

想いを封じることが——失恋がこんなに苦しいだなんて。

帰ってきたときに見た、冷めて放置された手料理。それが今の自分と重なって思えて、阿久津の悲しみはただただ深まるばかりだった。

三池に家政夫を辞められ、失恋してからというもの、ショックが尾を引き阿久津は再び不調の波に呑まれてしまった。

そしてそのまま、名人戦七番勝負最終対局の日を迎えてしまう。

二日間続けて行われるそれは、山梨にある旅館に設えられた特別室が会場で、阿久津も一晩そこに宿泊する。

一日目の対局を終え、食事と風呂を済ませた阿久津は、明日に備えて眠ろうとしたが寝付けず、気分転換のため外へ散歩に出た。山の麓に建つ高級旅館なので庭も景色も素晴らしいが、こんな深夜ではほとんどなにも見えない。

暗闇にどっぷりとつかった広い森。浴衣の裾を揺らす冷たい風。羽織一枚では足らなかったかもな、と身体を震わす。

（……まさか最終対局までもつれこむとはな）

決勝七番勝負で、阿久津は第一局から三連勝していた。あとひとつ勝てば名人のタイトル獲得というところで、失恋からの三連敗を喫してしまい、本当に最後の最後まで勝負がわからない展開となってしまった。

（……今日の内容も、正直よくなかった。相手も攻め急いでいる印象があるから、劣勢とまではいかないが……五分五分か）

対局相手は伊井田という棋士で、以前からメディアのインタビュー等で阿久津を「因縁のライバル」と表現するほど強く敵視していた。院生時代、年下の阿久津に一方的にぼこぼこに負かされまくったのを根に持っているらしく、プロになってからも顔を合わせるたび嫌味な態度をとられている。今回も対局前、「名人にふさわしいのは俺だ」と宣言されて面食らった。

（ふさわしいとか、ふさわしくないとかじゃない。……自分の碁をしっかりと打ちたい）

何事にも心を乱さず、目の前の一局に集中する――棋士として当たり前のことをきちんとやろうと、阿久津は気持ちを入れ替えるように両頬をパチンと叩いた。

そろそろ部屋に戻ろうと、方向を変えたときだ。

（あれは……）

旅館の中から、やけにきょろきょろと辺りを気にしているような男がふたり出てきた。ひとりは伊井田、そしてもうひとりにも見覚えがある――そうだ、今回の対局の立会人だ。

（なんであのふたりが一緒に……？）

庭に出たふたりは、周囲に目を配りつつ、そのまま庭から通じる裏山へと入っていった。おかしい。ふたりの組み合わせや態度もだし、遊歩道があるとはいえろくに舗装もされておらず街灯もない、そんな危険な夜の山にわざわざ入っていくなんて……。

不審に思った阿久津は、彼らのあとをつけてみることにした。真っ暗の山なんて気味が悪いが、彼らがなにをしているのか気になった状態ではどうせ眠れやしない。

彼らから少し遅れて山に入り、足下の悪い道を転ばないよう気をつけながら進むと、前方からボソボソと話し声が聞こえてきた。

「……それで、阿久津の封じ手はなんだった？　きみ、ちゃんと見たんだろうな」

──伊井田の声だ。

「ええ。……でも本当にいいんでしょうか、こんなこと」

「なにを今さら。金が欲しいんだろう？　現金は用意した、だから早く、阿久津の封じ手を私に教えろ！」

阿久津は耳を疑った。──封じ手を教えろ、だって？

封じ手とは、日をまたいで対局を行うとき、その日の最後になる手を打たずに紙に書いて封筒に入れる、二日制タイトル戦ならではのやり方だ。持ち時間の不公平をなくすため、翌日の対局再開時まで、立会人もしくは記録係によって保管されるものだが──まさか、その立会人を買収して封じ手を聞き出すなんて。阿久津の封じ手を知ることにより、相手は一晩という長い時間を使って、さらにその次の手を考えることができる。有利になるのは間違いなく、完全な不正行為だ。

(神聖な一局をこんなふうに汚すなんて……！)

阿久津は怒りを覚えながら、懐から取り出したスマホでこの光景を録画しはじめた。これで不正の証拠映像はおさめた。あとは主催側に報告だ、と旅館へ戻ろうとしたとき、足下がふらついて転びそうになりつい「わっ」と声を漏らしてしまった。

「誰かいるのか⁉　──あ、阿久津っ」

伊井田がずかずかと近寄ってくる。阿久津が構えているスマホに気づいた伊井田は、顔色を変えてそれを奪い取った。

「返せ！」

かっとなり取り返そうとする阿久津の手を必死によけつつ、伊井田が吠(ほ)える。

「誰が返すか！　阿久津おまえ、今の、録画してたな。こんなものが世に出たら、俺の棋士人生終わりだっ」

「封じ手を買収して聞き出す時点で終わってるとは思わないのか！」

「うるさいっ、若いころから天才だ神童だなんて褒めそやされてきたおまえになにがわかる！　どんな手を使ってでも俺はタイトルを獲りたいんだよ！」

激しく言葉をぶつけながら揉みあうふたりの棋士を、立会人は少し離れたところからハラハラと見つめている。そして唐突に「あっ」と叫んだ。

（——え？）

なにに驚いたのだろうと思った瞬間、一歩後ろに下がった阿久津だったが、そこに地面はなかった。揉みあううち、切り立った崖のそばまで来てしまっていたらしい。

危ないと気づいたときにはもう遅かった。足を滑らせた阿久津はそのまま、勢いよく斜面を転がり落ちた。

「……っ！」

太い木の幹にドンッと背中を打ちつけて、滑落が止まる。阿久津は全身に走った衝撃に顔をしかめた。さっきまでいた場所を見上げると、そう長い距離を落ちたわけではないとわかり、自力で上れるかと立ち上がろうとした。しかし足が激しく痛んでその場に崩れ落ちる。乱れた浴衣の裾から見える足首は、すでに腫れはじめていた。

そんな阿久津の様子を上から見ていたふたりは、「ひぃぃ」と情けない声をあげて揃って逃げてしまった。予想していなかった展開に動転したのだろう。

「待て……っ！」

阿久津は叫んだが、どちらも戻ってはこなかった。自分に罪が及ぶことを極端に恐れているから、助けを呼んでくれる線も薄い。

「……嘘だろ……」

阿久津はうなだれた。落ちた拍子に履き物も眼鏡もどこかへいってしまったし、全身泥まみれのぼろぼろだ。怪我をした状態で放置され、こんな真夜中では、誰かが通りかかって助けてくれる希望はゼロだ。

足の痛みはどんどんと増すばかりで、比例して不安も大きくなっていく。このまま誰にも見つけてもらえなかったらどうしよう。さすがに朝になれば阿久津が姿を消したことはわかるだろうが、それを対局放棄ととられ、明日の決戦に間に合わなかったら——？

「誰か……！」

阿久津は必死で叫んだ。声がかれるまで何度も。しかし時は無情に過ぎ、誰にも見つけてもらえないまま、空が明るくなっていく。

今はいったい何時なんだろう。七時か、八時か……対局は九時からだが、もしかしてすでに始まってしまったか。

「誰か……誰かいないのか……！　頼む、気づいてくれ……っ」

最後の力をふりしぼるようにして助けを呼ぶ——が、返ってくる声はない。

（……もう、ダメか……）

一晩中叫び続けた阿久津はとうとう気力体力ともに尽きてしまい、ぐったりと木に寄りかかり目を閉じた。

戦いたかった。碁を打ちたかった。

こんなときでも命の心配より碁のことを考えてしまい、「阿久津さんて本当に囲碁バカですよね」とよく言っていた三池の笑顔が脳裏に浮かぶ。

（……あいつが俺をここまで連れてきてくれたのにな）

三池と出会わなければ、阿久津はスランプから抜け出してタイトル戦を戦い抜くなんてできなかった。だからこそ、こんな結果になってしまったことが、悔やんでも悔やみきれない。

涙が出そうになるが、泣いてもなんの解決にもならないと、ぐっと堪えた。――そのときだ。

「阿久津さん！」

どこからか聞こえた声に、阿久津ははっとして目を開けた。夢じゃないか――そう思ったのは、崖の上に三池が立っていたからだ。

「三池くん……なのか……？」

「待ってて！　今行きます！」

緊迫した様子で三池が叫び、斜面を器用に降りてくる。そして阿久津のもとに走り寄ると、その身体をぎゅっと抱きしめた。

「よかった……無事で……！」

痛いほどに抱きしめられ、これが夢じゃないと実感した阿久津は、呆然と呟く。

「対局は……」

「大丈夫です。まだ間に合います」

「よかった……で、なんできみがここに……？」

「……俺、阿久津さんちの仕事を外れたあとは、会社から有休もらってたんですけど……やっぱり気になって、名人戦はチェックしてたんです」

阿久津の身体をそっと離し、三池が言う。

「そしたら、あんなに調子がよかったあなたが苦戦一方じゃないですか。……勝手だけど、心配でいてもたってもいられなくなって。遠くからひと目、あなたの顔を見て帰るつもりでここへ来て、少し早く着いたので心を落ち着かせようと庭を散歩してたら……山の遊歩道の入り口に、見覚えのあるストラップつきのあなたのスマホが落ちてたから、おかしいと思ったんです」

三池はジーンズのポケットから阿久津のスマホを取り出して見せた。夏南が小さいころ阿久津のために粘土で作ってくれた碁石のオリジナルキャラ、『白っち&黒っち』に紐を通して肌身離さず持ち歩いているので、知る人が見れば阿久津のスマホとすぐわかる。三池もそのうちのひとりだ。

「スマホを落として山で迷ってる可能性もあるかって、探してみたら……。いったいなにがあったんです？ ……って、その足！ 腫れてるじゃないですか。すぐ旅館へ戻って、医者に――」

顔色を変え、阿久津を抱き上げようとした三池の腕を振り解き、阿久津は叫んだ。

「……なんなんだ、きみはいったい!! なにも言わずに俺の前からいなくなったくせに、こんなふうに現れて……心配したとか言って……っ」

不安と絶望の中にいた阿久津をこうして探し出してくれたことは嬉しい。けれども素直には喜べない。

「ひと目、顔が見れたらとか……きみまで泥だらけになって、こんなところまで探しにきたりとか、そんな――そんな優しさ、今の俺にはつらいだけだ！　夏南が好きなら、期待させるような真似はよしてくれ……！」

夏南が好き、そう言葉にしただけで、涙がぽろっとこぼれた。忘れようと心に蓋をしたつもりが、三池を前にすると恋しさや切なさがとめどなく溢れてくる。

そんな取り乱す阿久津を見て、三池は驚いたように目を見開き、呟いた。

「え……夏南さん？　いやそれより、今のって、阿久津さんが俺のこと好きってふうに聞こえるんですけど」

阿久津はもう破れかぶれで、「だったらどうした！」と叫んだ。どうせ失恋しているのだ、知られたってどうということもない。

が――三池は阿久津の言葉を聞くなり、かーっと顔を赤くして、「……やべぇ」と口元を押さえた。

「……マジで？　冗談じゃなくて？　……すごい嬉しいんですけど」

「……それこそなんの冗談だ。きみは夏南の恋人なのに――」

「えっと、さっきから言ってるそれなんですけど。なんで阿久津さんの中で俺、夏南さんの恋人ってことになってるんです？」

三池は本気でわからないといった様子で訊ねてくる。阿久津は前に公園で、三池と夏南が親密そうにしていたところに出くわしたことを話した。

「……きみたちは好き合った仲なんだろう？　だから、俺に認めさせる方法を一緒に考えよう……みたいな会話、してたじゃないか」

「あー。なるほど。そうとったか……」

三池は頭を抱え、「……言うしかないよな、本当のこと。俺の判断で阿久津さんに話すことになって、夏南さんには悪いけど……」とぶつぶつと独り言を言ったあと、決心した顔つきで阿久津に向き直った。

「阿久津さん、誤解してる。俺は夏南さんをそういう目で見たことはないし、第一、夏南さんにはべつに好きな人がいるから。――結婚を前提としてる、彼氏がね」

「……なん……なんだって？」

「夏南さんの彼氏、俳優を目指しながらフリーターやってて。でも阿久津さん、夏南さんに対してはすごい過保護で、夢追い人なんて絶対に認めないでしょ？　それを夏南さんはずっと悩んでて、俺はちょいちょいその相談に乗ってたんです。阿久津さんが公園で見たときもそう」

「だ、だが、イチャイチャしてたじゃないか。だいたいなんできみが夏南の相談相手になるんだ！　ただの家政夫と依頼主の関係のはずだろう⁉」

「そうなんですけど……阿久津さんの家に通い始めて少ししたころ、買い物の帰りに、夏南さんが彼氏といるところをたまたま見たんですよ。そしたら、お兄ちゃんには絶対黙っててって頼まれて……事情を知った流れで、そこから相談うけるようになって。イチャイチャなんてしてないですよ、不安になってる夏南さんをなだめてただけで。俺にとってももう夏南さんは妹みたいな感じっていうか……阿久津さんだって俺の立場だったらそうしたんじゃないですか？」

「それは……」と阿久津は動揺を引きずったまま、言葉を呑み込んだ。……確かに泣いている夏南が目の前にいたら、どうにかして涙を止めようとするだろう。三池の夏南に向ける優しさは、そういう家族的視点で向けられたものだったのか。

「……きみが夏南の恋人じゃないのはわかった。だが、俺の好意が嬉しいなんてこと、あるはずがない。だって……うちの家政夫を辞めたのは、俺に愛想を尽かしたからなんだろう？」

「……それも、違う。てか、泣かないでくださいよ、もう。泣かせてるのは俺なんですけど……」

おろおろとしつつ、三池がシャツの袖で阿久津の涙を拭う。涙だけじゃなく、顔中をぐいぐいと拭かれ、阿久津がつい目を閉じて「んーっ！」と唸ったところで——キスをされた。

「……え……」

驚いて目を開けると、真剣な目をした三池の顔がすぐそばにあった。

「俺、阿久津さんのことが好きですよ。ずっと前から」

「ずっと……って」

「それは――あーっ！」

三池は言葉を続けようとしたが、腕時計を覗き込むなり慌てだした。

「時間、さすがにやばいです。阿久津さん、とりあえず早く旅館に戻りましょう」

「やばい⁉　ま、間に合うのか、本当に」

「間に合わせますよ。だから――華麗に勝利して、俺が待ってる家に帰ってきてください」

素早くチュッと唇を奪われ、耳元で囁かれる。

「……告白の続きと、こないだよりもっとえろいことするから……ね？　阿久津センセ？」

三池が待っている家――。

また阿久津の家政夫に戻ってくれることを示唆する言葉は、阿久津の身体に力を漲(みなぎ)らせた。

しかも、勝利のあとに待っている展開を考えたら、張り切らないわけにはいかない。すでに「好き」の一言で百人力だ。

阿久津は自信満々に口角(こうかく)を上げた。

「任せておけ。この阿久津春光に」

――名人戦最終対局二日目。

旅館に帰り着いた阿久津は、即座に身なりを整え、決戦に臨んだ。

足の怪我は捻挫で大したことはなかったものの、スマホの録画データは案の定伊井田によって消されており、証拠なしではしらを切られるのは明白だったため、不正は暴けなかった。

ならばと、阿久津はべつの方法で伊井田をぎゃふんと言わせることにする。

そう――三連敗直後とは思えないほど、阿久津は超人的な強さを見せ、相手を圧倒したのだ。

反撃の隙をわずかも与えることなく降伏させ、見事、名人のタイトルを獲得したのである。

それからしばらく――。
ホテルでの名人戦優勝祝賀会を終えた阿久津は、急いで最上階のスイートルームへと向かっていた。

主催側の配慮で今晩泊まる部屋は用意されていたのだが、そこへ戻ろうとしたところ、ホテルスタッフに「ある方から、タイトル獲得のお祝いということで、お部屋をスイートルームにチェンジさせていただいております」とサプライズで告げられたのだ。

そんな粋なことをしそうな人物は、ひとりしか思いつかない。

阿久津が鍵を開けて部屋に飛び込むと、ラグジュアリー感漂う広い部屋に、三池が立っていた。いつものラフなシャツにジーンズ姿でも、ひよこエプロン家政夫スタイルでもなく、黒のストライプスーツで決めている。あまりにかっこよくて、阿久津はしばしぽうっと見惚れてしまった。

「おかえりなさい、阿久津名人」

「やっぱりきみか……。仕事があるから祝賀会には来れないって言ってたのに」

近づきながら言うと、三池が悪戯っぽく片目を瞑ってみせる。

「阿久津さんを驚かせたかったんですよ。まあ、スイートルームなんて、あなたへのお祝いとしてはささやかすぎるかもしれないけど」

タイトル獲得の賞金は数千万。確かにスイートルームどころか、分譲マンションを買うことだってできるが、三池の気持ちそのものが嬉しいのだと阿久津は首を横に振る。

「きみにおかえりと言ってもらえることが、一番の褒美(ほうび)だ。……この花も?」

リビングルームのテーブルの上には大きな花瓶があり、数十本の赤いバラが活(い)けられていた。

豪華な部屋に負けじと華やかな存在感を放っていて、部屋に入ったときから目を引いていたのだ。

「ああ、俺からのお祝いです。……ちょっとやることがクサかったですか？　囲碁以外であなたが喜ぶものがいまいちわかんなくて」

「……嬉しいよ、全部。ありがとう。そのスーツもよく似合ってる。祝賀会、来てくれたんだな」

「せっかくあなたが招待してくれたんで、ありがたく。場違いな気がして隅っこで見てましたけど、壇上で挨拶する阿久津さん、すごいかっこよかったですよ。ファン目線で感動しました」

「ならよかった……、ん」

バラに見入る阿久津を、三池が後ろからそっと抱きしめてくる。

「や……っと阿久津さんを独り占めできる」

しみじみと呟かれた言葉に、「なんだそれは」と言うと、少し拗ねた声が返ってきた。

「だって阿久津さん、名人獲得のあとは取材だなんだで忙しくて、ふたりでゆっくりする暇もなかったでしょ？」

「まあな」

確かにここのところのスケジュールの詰まりようは半端ではなく、遅い帰宅のあとは疲れきって寝てしまったりと、期待していたような三池との時間を持てなかった。

「告白の続きと、えろいことするって約束……覚えてます？」

男の色香と欲情をはらんだ囁きが耳をくすぐり、心臓がどきりと跳ねる。

「……忘れるものか」

まずは告白とやらをしたまえ、と阿久津がぎこちなく言うと、三池が神妙な面持ちになる。

「その前に言っておきたいことが。……俺、阿久津さんに嘘をつきました。俺の祖父は三池浩之、あの手紙のもともとの主です。そして俺はその孫――阿久津さんの言う『あの子』は俺です」

「……」

「こういうことは、ちゃんと話しておかないとと思って……」

「とっくに知っていたが」

阿久津がさらりと言うと、三池が「えぇっ!? なんで」と驚いた反応を見せる。

「だってきみ、『あの子』しか知らないことをぽろぽろこぼしてたぞ」

「……まじですか……」

「でもなんで嘘なんてついたんだ。手紙のとおりなら、きみは俺の大ファンなんだろう？」

「いや、その……俺だってはじめは、憧れの阿久津春光に会えるって浮かれてたんですよ。なのに第一印象最悪でしたから。手紙で思ってたのと全然違うじゃねーかって、勝手に裏切られた気分になって、ファンだなんて絶対言ってやるかって意地になってたんです」

会ったばかりのころ、自分が三池にどんな態度をとっていたか思いだし、阿久津は「う……」と言葉に詰まる。あれは確かに最悪と言われても仕方なかった。けれど今の阿久津を見つめる三池の瞳はどこまでも優しい。

「……でも、結局好きになった。阿久津春光は俺の想像を超える男だった。プライド高いのに、へんに可愛いとこあって。囲碁バカっていうか、本当に仕事一直線で。それでいて妹思いで、ぼろぼろのストラップも後生大事に持ってるでしょ。不器用なくせして、クッキー作ってくれたり……好きにならないほうが無理」

甘い言葉に、阿久津の顔がぶわっと赤くなる。

「は、初耳だが」

「恋愛なんてまるで興味の対象外のあなたに伝えたところで、鼻で笑われるだけでしょ？　だから……あなたにえろいことできるなら、金銭関係あってでも構わないか、そのほうが怪しまれないかって——そう思ってました。途中で苦しくなるまでは」

「苦しく……？」

「ええ。……俺って本当にあなたに、囲碁のための一種のツールとしか思われてないんだって……そんな自分がイヤになったたし、仕事だお金だと理由づけてなにもわかってないあなたを傷物にした後悔だって、あった」

だからあなたのもとを去る決意をしたんです——という三池の本心を聞いて、阿久津は唖然とする。なんでなにも言ってくれなかったんだとか、言わせなかったのは自分か、なんて――怒りと後悔が入り交じった複雑な感情が身の内で渦を巻き、ふるふると身体が震える。

「三十路の男を傷物とか……お姫様扱いして、きみはバカか……っ。きみのことをツールだなんて思ってない！　今はただ――好きだから、触れたいんだ……抱かれたいんだ……そばに、いてほしいんだよ……！」

この胸にある感情をわかってほしいと思ったら、必死になるあまり、涙がぽろぽろと溢れてきた。腕の中で方向転換させられ、息が詰まるほど、強く抱きしめられる。

「俺も……。阿久津さんが好きだ、大好きだ……ずっとそばであなたを見ていたい」

耳たぶをそっとくわえ、頬に口づけながら、三池の手が晴れの舞台のため用意した緋色の羽織袴を脱がしていく。あっという間に長襦袢一枚の姿になった。

「待て、せめて風呂に……」

「待てない。早く俺のものだって感じたい。……ごめん、性急で」

息を乱しながら三池がスーツのジャケットを脱ぎ、ネクタイも外して放り投げる。欲情が滲んだ瞳と乱雑な仕草に、阿久津の鼓動はうるさいほど速まり、身体も熱くなる。

「見てるだけでやばいな……めちゃくちゃにするかも」

シャツの襟元(えりもと)を緩め、臨戦態勢に入ったような三池の手が伸びてくる。長襦袢の合わせ目から滑り込んだ手が薄い腹部を撫で上げ、胸に咲く小さな果実をとらえれば、くすぐったさとは違う甘い感覚が湧き起こった。ぴくん、と身体を揺らし、三池の胸に凭れかかる。

「んっ……三池くん、ダメだ……っ」

「どうして」

「……オナニー補助とか、なんの理由もなく、きみに触れられるんだと思ったら……は、恥ずかしくてたまらない」

羞恥に潤んだ眼差しを向ければ、「……なんだそれ」と小声で返される。

「煽ってるんですか」

「あっン！　ちが……っ」

両方の乳首をキュッと摘み上げられて、たちまち強く走った甘美な痛みに、阿久津は思わず三池にしがみついた。その瞬間に気づいてしまう、阿久津の腰に当たっている三池もまた、熱くなってきていることを。

涙目で見上げる阿久津の目尻に口づけた三池が、今度は慰めるようなタッチで乳首を愛撫する。

「硬くなってきた。……好きですよね？　ここ。舐めてあげるから、しよう……」

「……したい……、舐めてほしい……」

「……くそ、可愛すぎて頭いかれそう」

唸るような言葉を漏らした三池に、濃厚なキスをされる。親指を入れて口を大きく開かされ、引き出された舌をちゅるりと吸われる。目も閉じないまま舌を絡ませあって、キスで感じる顔も全部見られた。恥ずかしいのに目が離せなくて、触れあうところがどこもかしこも気持ちよくて、もっと強引に奪われたいとさえ思う。

「三池くん……も、立ってられな……っ」

「了解」

ちゅっと鼻の頭にキスを落とされてから身体を抱き上げられ、少し歩いた先にある、ソファにそっと座らされる。三池は向かい合う形で前に立つと、ゆっくりと身を屈めてきた。

カーテンも引かれていない大きな窓からは、月明かりがこぼれている。そもそも部屋の電気も点いたままだ。けれど、消してくれなんて言葉は聞いてもらえそうにないなと、三池の獣のような目を見て思う。

「んく……っ」

いきなり長襦袢の上から乳首を吸われ、たまらない愉悦に喘ぐ。

「やらしい眺め、たまんね……」

唾液に濡れた長襦袢はぴったりと肌に張りつき、硬くなった乳首の形を卑猥に浮き上がらせた。さらには乳輪のピンク色まで透けて見えて、艶めかしいことこの上ない。

「俺ばっかり……っ、三池くんも……」

焦れて、三池の膨らみに手を伸ばすと、そこはすっかり熱く張りつめていた。自分の痴態がそうさせたのかと思うと、恥ずかしいと同時に嬉しくもある。

「あ、すごい……もうこんなにおっきいんだな……」

「阿久津さんのせいでしょ？　いちいち可愛い反応するんだもんなぁ……ああ、まるごと食っちまいたい」

「うんっ……んぅ……」

性急さを隠そうともしない唇が吸いついてくる。キスするのに邪魔だったのか、眼鏡を外された。感じやすい上顎を舐められ、歯列をしつこくなぞられ――三池の巧みな舌の動きに翻弄される。溜まったふたりぶんの唾液を飲み干すと、媚薬(びやく)を取り入れたみたいに身体がより熱くなった。

「気持ちいい……三池くんの、キス」

「……俺も」

キスをしながら下半身を撫でてくる阿久津の手に、三池もまた快感を煽られているようで、表情には恍惚の色が浮かんでいる。手のひらの下ではち切れんばかりに膨れ上がったそれが早く欲しくて、阿久津は不器用な手つきでベルトを外し、ズボンのチャックを下げた。とたん、下着を押し返す勢いでブルンッと飛び出してきた性器に目を奪われる。見るのは二度目だが、やはり凄まじく大きい。

「……阿久津さん、舐めてくれる？」

艶めいた吐息をこぼし、三池が囁く。え、と阿久津は思った。三池のを舐めるなんてやったことがない——でも、今までしてもらう一方だったから、今度は自分が三池を気持ちよくしたい。

がんばる、と答えると、三池がふっと笑う。目の前で誘うように揺れている立派なペニス——。阿久津はドキドキしながら身を屈め、それに手を添えると、ちゅう、と音を立てて先端を吸った。

「阿久津さんのそれ、やばい……はぁ……っ」

性的なことに不慣れだった阿久津が、物欲しげに瞳を濡らしてペニスをしゃぶる姿というのは、たまらなく腰に来る——と三池が呻く。

子猫がミルクを飲むときのような拙い舌使いしかできないが、そんな自分の表情、仕草、目線が彼の劣情を掻き立てられるなら、いくらだってしてやりたいという思いが次から次へと湧いてくる。

「動く……よ」

「ん、んむっ、はんん……っ、う、ふうっ」

三池が阿久津の頭に手を添え、腰を突き出す。逞しい雄で口の中のやわらかな粘膜を擦られては、喉の奥まで支配され、苦しみと隣り合わせの快感で身体が痺れる。

（口の中、ペニスで犯されて……後ろがすごい、じゅんってする……っ）

疼くそこに早くコレが欲しくて、喉の奥で締めつけたら、三池がうっと呻いた。

「出る……ッ」

「んんーっ！」

三池は腰をぶるりと震わせると、膨れ上がった欲情を阿久津の口内で弾けさせた。熱い精をすべて受け止めた阿久津の喉がコクン、と上下する。

「……飲んだんですか？」

「……ん。そうしたかったから」

「……ありがと」

はふはふと荒い呼吸を繰り返す唇に、三池が労るようなキスをくれる。嬉しくて、三池の首に腕を回して応えていたら、ふいに下半身に触れられてびくりとした。

「あっ……！」

「……？　濡れてる……？」

「み、見るな、ダメだと言ってるだろうが……っ」

むずかる阿久津をソファに押さえつけながら、三池が長襦袢の帯をほどいて左右に開き、下着を下ろすと、粘ついた糸が下着と性器を繋いでいた。そのいやらしい光景に、三池が息を呑む。

「まさか……俺のを咥えただけでイった、とか？」

「う……。わ、悪かったな」

「悪くないっていうかえろすぎて……最高」

嬉しそうに言った三池が、阿久津のペニスを握って上下に擦る。達したばかりのそこはとろとろの蜜を纏ってアイスクリームのようだ。

「あぁっ、三池くん、もう……っ！」

足りないものが早く欲しいと訴えると、三池が微笑んで「今あげるから」と囁く。そして一度達してもなお硬さと質量を保ったままの己を、抱え上げた脚の間――待ち侘びてヒクつく花環にあてがうと、「ん……」と息を吐いて腰を進めた。

「んぁあ……っ」

ゆっくりと、美味そうに三池の雄を呑みこんでいく阿久津のそこは、めいっぱい赤い花びらを開いて愛しい熱塊をむしゃぶりつくそうとする。

「っあ、三池く……いい、すごい、いい……っ」

「ああ、阿久津さん……俺も……」

劣情の証は、阿久津の熱い粘膜に包み込まれてさらに大きくなる。

（ああ、また……嬉しい……っ）

触れるほどに彼の新しい表情を知って、触れられるほどに彼への想いが深くなる。恋は落ちただけでは終わらないのだと実感する。毎日、毎回、『好き』の記録を更新していく。

「ん、あ……っ、だ、だめだそこ、おっきいの……グリグリされると、おかしくなる……ひ……っ」

分厚く張った傘の部分で前立腺を捏ねられると、目が眩むほどの快楽に襲われる。刺激が強すぎて、自分の身体がばらばらになってしまいそうだ。怖いのに、でもやめたくなくて。むしろもっともっと欲しくて――。

それなのに、今度は焦らすようなゆっくりとしたストロークに変えられてしまう。三池は熟れた肉筒の感触を愉しんでいるようだった。……これはこれで気持ちいいが、奥が切なくて、物欲しさが募るあまり勝手に瞳が潤む。

快楽に素直で、でも正直になりきれない――そんな阿久津の性格を、三池はよくわかっているようだ。

「……足りない？」

「あ……ン」

意地悪く微笑みながらゆるゆると腰を揺らされ、それによって媚肉がまたきゅんと締まる。欲しい刺激をおあずけにされる悔しさからつい睨んでしまうと、お仕置きとばかりに一度奥を強く突かれた。極太の幹が隘路を強引に押し広げる感覚に、「ああ……っ」と嬌声を放つ。

「ここ、好きなんですよね……？　たっぷりしてあげるから」

言葉のとおり、三池は奥を重点的に攻めはじめた。ギリギリまで抜いて阿久津に切なさを与えたところを、一気に最奥まで叩きつける、荒々しい挿入を繰り返す。

「あっあっあっ、ひ……ぁんっ！　み、三池くん、はや……っ」

仰け反る胸元に顔を寄せられ、鼻先で長襦袢を掻き分けた先にある、ぷつりと尖った乳首にしゃぶりつかれれば、快楽が下半身に直結する。

「ひぅっ！　ず、ずるいぞ、そこは……あう……っ」

弱いところを同時に攻められた阿久津のペニスが、先端から透明な雫を流しながら猥(みだ)らな角度で撓(しな)る。ぐちゃぐちゃととろけた肉筒を掻き回され、ペニスを摑まれ鈴口を指で抉られて、阿久津はソファからずり落ちそうなくらい大きく身体を悶えさせた。

（ダメだ、気持ちよすぎて……っ）

硬い亀頭で快楽のしこりを思いきりなぶられた瞬間、視界でチカチカと強烈な光が躍った。甘い悲鳴をあげると同時に、三池の手の中に白濁を撒(ま)き散らす。

「く……っ」

屹立に纏いつく襞の感触がよほど気持ちよかったのか、三池は唇を嚙みしめながら腰を震わせ、阿久津の奥を熱い精で濡らし上げた。どろりと濃厚で——それに射精が長い。

「あ……ん、三池くんの、どぷどぷって……」

上気した頬で、たっぷりと精を注がれた腹を撫でさする阿久津を本当に受精させてしまいたいとでもいうように、三池が放ったものを奥に擦りつける動きを繰り返す。

「ん……っ、いやらしいな、きみは……っ」

「どっちが……。阿久津さん、そんなにえろい空気出してたら、絶対まわりがほっとかないでしょ。ただでさえタイトル獲得して注目浴びてるのに。……嬉しいけど、あーあ、なおさら俺だけの阿久津春光じゃなくなっちまう」

拗ねた子どもみたいな呟きを漏らしつつ、まだペニスを抜こうとせずきつく抱きしめてくる三池に、阿久津が「……そういえば」とふと思いついたことを訊ねる。

「きみが俺をそんなふうに思ってくれていると……ファンであるのを黙ってたのは、俺の最初の態度の悪さに腹が立ったからというのは理解できたが……途中から好きになってくれたなら、せめて手紙のことは名乗り出てくれてもよかったんじゃないか……？」

ぶつけられた質問に、三池は「う」と固まった。気になる反応に「なんなんだ正直に言え」と迫ると、三池はしぶしぶ白状した。

「……阿久津さん、手紙の相手を女性だと思ってたうえ、ずいぶん理想化して語ってたでしょ。天使だー、とか。夏南さんにだって、あの子以外恋人は考えられないって話してたし。……俺としては複雑だったんですよ、自分だけど目の前の自分じゃないもやもやとか、ここにいる俺を好きになってほしい変な対抗心とか、でも知られて幻滅されたくない怖さとかあって。……がんじがらめになってたっていうか」

「……そんないじらしい理由でか？」

外見こそワイルドだが、内面は驚くほどに繊細なようだ。そのギャップにまた『好き』が更新され、胸がきゅんとなる。

「そのとおりですよ。……悪かったですね」

「悪くないし、幻滅もしたりしない。それからひとつ訂正しておくと、夏南と話していた時点で俺は『あの子』がきみだとわかっていた。だからあれは、きみのことを言ったんだ。ここにいるきみに、俺は惚れてるんだと」

「……そうだったんですか」

「そうだ。こうなったらもう生涯添い遂げるぞ。――なんたって俺の嫁は、囲碁ときみだけだからな」

堂々と宣言する阿久津に、三池がきょとんとして――「俺が嫁ですか」と苦笑する。

それが嬉しさの裏返しであることは、抱きしめてきた腕の強さとたくさんのキスで、阿久津にはしっかりと伝わった。

＊＊＊

そして、それから――。

「こらーっ、アスパラをきっちり残すんじゃない！　ブロッコリーもピーマンも！　好き嫌い

するなって何度言ったらわかるんです！」

三池は再び阿久津の家政夫に戻り、相変わらずのオカンっぷりを発揮していた。阿久津はいらないと言ったのだが、けじめだと三池はオナニー補助で渡した金をすべて返却してきた。

そう、つまりは家政夫であり、恋人にもなったわけだが——。

「緑の食べ物は宇宙人みたいで苦手なんだ、許せ」

「子どもか！　殿さまか！　いいから食ってください、緑黄色野菜は栄養の宝庫なんですから」

関係が変わっても口うるささは健在で、阿久津は毎日辟易（へきえき）している。

けれども……。

「……言うこと聞かないと、あとでいやってほどお仕置きするけど？」

三池が逃げる阿久津を捕まえて、抱き寄せながら囁く。

こんなふうに、時おり夜以外も『雄』の顔を見せるようになったものだから、ドキドキが四六時中止まらない。

（……完敗だ）

阿久津春光——囲碁と恋人を愛する男は、今日もまたしぶしぶ箸をとり、幸せを噛みしめるのだった。

きみへ、最愛の一手を捧ぐ

Kimie, saiai no itte wo sasagu

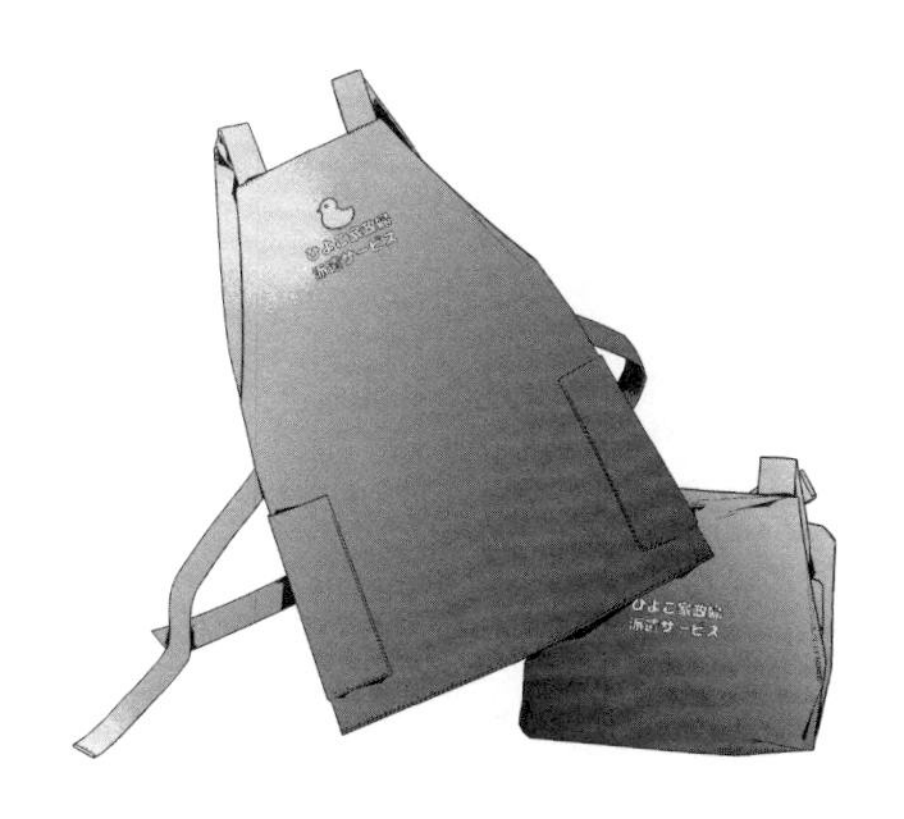

かち、かち、と壁時計が秒針を刻む音がやけに存在感をもって聞こえる。

理由はひとつ。静寂が際立っているせいだ。

阿久津家の居間には成人の男女が三人も集まっているというのに、誰も言葉を発しないおかげで静まりかえっている。

さらに空気も重かった。囲碁の対局時でもないのに、阿久津は眉根をきつく寄せて口を真一文字に結んだ、それは難しい顔をして座ったきり。まだ鮭をくわえた木彫りの熊の置き物のほうが躍動感を感じるくらいだろう。長机を挟んで向かい側に座るのは妹の夏南だが、こちらもいつもの遠慮のないおしゃべり好きはどこへやら、緊張した面持ちで正座したまま固まっている。

――え、圧迫面接？

茶を運んできた当家の家政夫、三池が思わずといったように呟いたのは、かれこれ三十分も前のことだ。それからずっと第三者の三池を生け贄のごとく真ん中に挟みながら、阿久津兄妹は無言の睨めっこを続けていた。

「……お茶、淹れ直してきましょうか」

先に茶に手を出したほうが負けみたいな我慢比べにまで発展している気がする。すっかり冷め切ってしまったふたりぶんの茶を淹れ直すついでにこの拷問から逃げ出したい空気を匂わせながら、三池が立ち上がりかけたときだった。だめ、と夏南が止める。

「行かないで、三池さん」

「でも……俺がいたら、ふたりとも話しづらいんじゃないですか？　ここは兄妹水入らずで」

「お兄ちゃんとふたりで冷静に話せるとは思えない。三池さんがいてくれないと」

「俺は猛獣使いじゃないんですがね……」

三池がちらりと阿久津を見る。ふたり揃って失礼が過ぎると、阿久津はむっとした。

「俺はつねに冷静で、理性的な男だぞ。猛獣など――」

「それに、三池さんだってまったくの無関係ってわけじゃないんだから」

「それはまあ……確かに……」

阿久津の言い分を見事にスルーしてふたりで勝手に話を進めている。俺を放置して仲良くするな！　と語気荒く言いかけたところで、夏南が腹が据わったような顔を向けてきた。

「お兄ちゃん。三池さんからある程度話は伝わってると思うけど、私、付き合っている彼がいるの」

「お兄ちゃんはもう年なのでなにも聞こえません」

「なにが年よ！　まだ三十代でしょ！」

「太古の昔ならもう立派な年寄りだろう」

「へんな屁理屈こねないで。こっちは真剣に話してるんだから！」

「こっちも真剣に聞きたくない」

このあとの話の展開が予想できるからこそ、阿久津はなんとしても夏南の言葉から耳を背けたかった。最愛の妹。すなわち天使。その清らかな羽に飛びついたふとどきものが存在すると聞いたのは、つい先日——名人戦の決着がつく直前だった。

ライバル棋士と揉めごとがあったり、三池とすれ違ったりと、あのときは自分のことでいっぱいいっぱいで、むしろ夏南の恋人が三池じゃないとわかり安堵していた。——しかし冷静になって考えてみれば、全然安心できる状況じゃなかったのだ。相手は三池じゃない、だがしかし、恋人はいる。それは事実、現実、真実なわけで。

（……俺の夏南に。天使に。女神に。妖精に……）

——悪夢だ。

阿久津には秘密という前提で、恋愛相談をうけていた三池も、大きな誤解をとくために夏南に恋人がいることを明かすしかなく、むろんそれは詫びとともに夏南に伝えられた。夏南は怒らず、むしろそのおかげで覚悟が決まったのか、阿久津に正式な報告をしにやってきたのだ。

いつもはアポなしでやってくる夏南が、「大事な話がある」とあらたまって阿久津に時間を空けてほしいと頼んできたときから、こういう流れになるだろうことは予想していた。

だからこそ阿久津は、でんと構えて鷹揚に話を聞く——のではなく、みっともなく両手で耳を押さえてわーっと大きな声を張り上げた。

「なにも聞こえん。聞こえんぞー！」

シスコン兄貴の必死の攻防に、三池が「三十三歳児……」と率直な感想を漏らす。なんとでも言え。禁じ手ではないならば、どんな手でも使って難局を乗り切ってやる、囲碁でもプライベートでも！

しかし夏南はそれで引いたり諦めたりするようなタイプじゃなかった。口元をひきつらせて立ち上がり、長机を回って阿久津のほうへとやってくる。

「彼とは結婚を考えてる！」

耳を塞いでいた手を勢いよく剝がされ、鼓膜が破けるかと思うほどの大声で、それも至近距離から、今一番聞きたくなかった言葉をぶつけられる。阿久津はじんじんする耳をさすりながら、色んな意味で涙目になっていた。

「け、け、け……結婚……」

「そう。結婚を前提に、今も一緒に暮らしてる。だから一度会ってほしいの。彼も挨拶したいって言ってくれてるし……」

「挨拶……」

妹さんを僕にください的な？

「…………い、い、いっか――――ん！」

その光景を想像しただけで堪忍袋の緒が五回は切れて、阿久津は目の前の長机に思わず手をかけた。昭和のおやじが怒ってちゃぶ台返しをしたくなる気持ちが今はじめてわかった。返す前に、察した三池がしっかりと長机を押さえることで阻止されたが。

「その男は確か、俳優を目指しながらフリーターをやっているのだろう⁉　夢を追うのは自由だ、そう、ひとりでならな。おまえまで巻き込まれることはないだろう！」

「巻き込まれるんじゃなくて、応援したいの！　力になりたいの！」

「一緒になったって苦労するのが目に見えてる。経済力もない、将来性もない、おまえを幸せにできる保証もない——そんなダメ男との結婚なんて、お兄ちゃんが許すわけなかろう！」

べつに夢を追ったりフリーターをしているのが悪いわけじゃない。けれど一人前とは決して言えない立場で、誰かの将来を担えるというのか。どう考えたって無理だ。いばらで繋がれた二人三脚みたいなものだ。お互い苦しいし、うまくいくはずがない。

「お兄ちゃんだって三池さんがいないとダメ男じゃない！　掃除も料理も、いっそ常識も！　他人にだけ常識押しつけるってひどくない⁉」

常識も、のところで三池が噴き出す。ほら三池さんもそう言ってる！　と夏南はまるで援護をうけたように付け加えた。言ってないよな……な？

「おまえは他人じゃなくて妹だろう——そうだ——おまえのことは、親代わりとなり大事に大事に育ててきたんだ。妹であり娘だ。目の中に入れても痛くないくらい大好きだ。だからこそ、その天使を誑かしたドリームジャンボ男の顔なんぞ、見たくもない」

ゆえに結婚は却下、挨拶も拒否——と阿久津はきっぱり告げた。

世の中男はたくさんいる、しかし夏南にとって兄はこの阿久津ただひとりなのだ。きっと気持ちは通じただろうし、なんだかんだいっても最後は阿久津を優先してくれるだろう――そう思っていたが。

「……ダメ男、ドリームジャンボ男って……彼のこと、知りもしないくせに、ひどい……」

夏南が阿久津を睨みつける。強気なその目に涙が滲んでいるのを見るなり、阿久津はたじろいだ。そして次の瞬間、さらに深い動揺の沼に突き落とされることになる。

「このわからずや！　碁石でできた石頭！　囲碁バカバカバカ！　お兄ちゃんなんて……だいっきらい！」

「え」

感情的な言葉をぶつけられ、まさしく石のように固まる阿久津に背を向けて、夏南は荷物を手に取るなりバタバタと部屋を出ていった。すぐあとに玄関のドアを力任せに開閉する音も響く。阿久津は呆然と、その一部始終を見送った。

「だいっきらい……？」

「あー……大丈夫ですか、阿久津さん」

「三池くん、だいっきらいとは、最近の子ふうに言うと、大好きの意味か？　すごいものをやばいと表現するような」

「いえそのままの意味です」

「……そうか……」

もしかしたらの希望を込めてぶつけた質問に、無情な答えが返される。反抗期のときでさえ言われたことのなかった言葉を自分の中でどう処理していいかわからず、阿久津は混乱し、そしてしょげた。

「……泣きそうだ」

「もう若干(じゃっかん)泣いてますけど」

三池は苦笑し、阿久津の隣へと移ってきた。ぼんやりしている阿久津の頭をそっと抱き寄せて自分の肩に乗せてやる。ぽんぽん、と優しく宥(なだ)めてくれるあたたかな手と、頼りがいのある広い肩。ときめくと同時にひどく落ち着くように感じてきたのは、恋人関係が板についてきた証拠だと思う今日このごろだ。

外では囲碁界のスター棋士、阿久津春光(はるみつ)名人も、家に帰ればただのシスコン兄だし、恋人の前では……笑顔だって涙だって情けない表情だって見せる、どこにでもいるひとりの男なのだと実感できる。

そういう場所や時間は、とても貴重で尊(とうと)いものだ。

「……夏南を誑かした男には、きみのような甲斐性(かいしょう)はないに違いない」

「そう決めつけることもないんじゃないですか？　会ってみないとわからないことも、たくさんあると思いますよ」

「きみは夏南の味方なのか？」

むっとして三池の肩から頭を起こすと、突き出した唇をそっとぬくもりで塞がれる。こちらも宥めのキスだ。

「俺は阿久津さんが好きですよ」

「答えになっとらん……」

そうは言いつつも触れ合いは嬉しいから、もう一回、とねだる。はいはい、と三池は器用に眼鏡を避けて微笑んだ形のままの唇を寄せてきた。三池の作るお菓子を食べたときみたく、吐息が甘い。

「……夏南さんに幸せになってもらいたい、阿久津さんの兄心、親心はわかりますよ。そりゃ、お金があって苦労しないにこしたことはないですけど。……でも、そういうのをふたりで乗り越えていくのも、結婚のひとつの意味なんじゃないかって思うんですよね」

「まるで経験者のような口振りだな」

「ないですよ、経験なんて。だからそんな疑いの目で見ないで。ただ……」

「ただ？」

一瞬——今言うべきか迷った表情で、三池が押し黙った。けれど意を決したらしく、口を開く。

「俺も、夏南さんと同じで、好きな人と次のステップに進みたいとは考えてました。このタイミングで言うのが正解かわからないけど……俺の正直な気持ちだから、あなたに伝えておきたいです」

「な、なんだ、あらたまって」

どことなく、一世一代のお願いをしにきたさっきの夏南の表情と重なって見えて、ドキドキと嫌な予感が一緒に押し寄せる。なにを言おうというのか――だいっきらいは勘弁してくれ、これ以上の衝撃は心臓がもたない。今日を命日にしたくない。

「阿久津さんと一緒に暮らしたい……そう思ってます」

意外な一言に、阿久津は眼鏡の奥の目を見開いた。

「一緒に暮らす?」

「ええ」

「それはいわゆる、同棲……ということか?」

「そうです。タイトルを獲ってから、阿久津さん、前以上に多忙でしょ? 囲碁番組のレギュラー出演が決まったり、出張も増えたり……少し、体重も落ちましたよね」

「よくわかったな。ほんのちょっとだぞ?」

「俺を誰だと思ってるんです?」

阿久津ははっと息を呑んだ。

「神の一手のほかに目も持つ男……?」

「好きな人のことは見てればわかるってだけ！」

くそ真面目な推察を即座にぶったぎった三池はため息をつく。

「そんなふうに、自分にも他人にも鈍感で無頓着なあなただから——夏南さんへの執着はべつとして——心配なんです、俺は。いつまたあなたが無理して倒れるんじゃないかって。どこかで怪我してるんじゃないかって。家政夫の仕事には、時間も範囲も限界がある。だからそれ関係なく……あなたの家政夫を辞めたうえで、あなたをそばでサポートしたい」

「俺の家政夫を辞める……」

「この職業自体は続けます。あくまで阿久津家の、という意味で……そうすれば阿久津さんも家政夫を雇うお金を払わずにすみますし。もちろんあなたの稼ぎが充分なことはわかってます、でも、長い人生なにがあるかわからないし、支出はできるだけ抑えたほうがいいでしょ？」

若いのに、見た目パリピなのに、相変わらずしっかりしているとびっくりする。

「あとはただ単純に……ずっとこうしてたいってのもありますし」

阿久津の耳に、ぼそ、と甘い囁きが落とされる。さっきよりも強く肩を抱かれて、密着する身体の逞しさや色っぽい吐息に、阿久津の思考はピンク色で塗り潰されそうだったが、ぶるぶると頭を振って理性にしがみついた。

（考えろ——阿久津春光）

同棲という響きは魅力的だ。三池の思いも、嬉しい。嬉しくないはずがない。

けれど妹の結婚には反対しておいて、自分は恋人と同棲では示しがつかない気がする。

そして、それ以上に——。

(三池くんの優しさに甘えてしまって、本当によいのだろうか?)

阿久津の心には迷いがあるのだ。

三池との家政夫契約を切ったうえでひとつ屋根の下に住めば、お金を払うことなく家事をやってもらえる……。確かにお得だ、破格の待遇だ。

だがよくよく考えれば、阿久津だけがラッキー丸儲けなのであって、逆に三池にはなんの得もない。

(むしろ、損だろう)

先ほどの猛獣使いを認めるわけじゃないが、阿久津の面倒を見るのは楽じゃないはずだ。三池の影響で、料理や掃除に挑戦してみたもののまるでダメだった記憶を呼び起こしつつ、阿久津はそう思った。

自分ばかりが美味しい思いをして、三池が貧乏くじをひくなんて——本人がそう捉えていなかったとしても、阿久津の胸にはもやっとしたものが残る。

(世話焼きで、なんだかんだ口うるさくても俺に甘いからといって……俺がそれに慣れてしまっては、いかんだろう。当たり前の顔をして彼の負担でいるなど、できるはずがない。そんな俺は、俺が許さん)

迷いを振り切り、ひとつの答えを導き出す。

「三池くん」

阿久津は恋人同士の距離をほどくと、三池と膝を突き合わせて向き直る姿勢へと変えた。三池は完全に阿久津の答えに期待した顔をしている。くっ、許せ、三池くん。

「きみの思いはありがたい。が、俺はそれを許容するわけにはいかない」

「――え」

三池の甘い微笑みがフリーズする。

「考えてもみてくれ。俺は夏南の結婚に猛反対してるんだ。なのに、自分はなんでもやってくれる恋人と同棲……なんて、自分勝手が過ぎるだろう。それにな、きみは同棲を次のステップと言ったが、俺はむしろ進んではいけない沼地の気がしている」

「……俺、沼ですか？」

ちょっとショックをうけているらしい三池に、誤解がないよう、阿久津が真意を付け加える。

「危険地扱いしてるんじゃないぞ。沼は沼でも、誘惑の沼だ。俺はきみと一緒にいたくないわけでも、きみの家事に不満があるわけでもない、決してな。――むしろきみの仕事を評価しているからこそ、正当な対価なく成果を受け取るわけにはいかない。居心地のいい沼に、ずぶずぶに甘えていたくない。恋人とはいえ、なあなあの関係になりたくないんだ」

「……俺は気にしないって言っても？」

答えは変わらないという意思表示で阿久津が深く頷くと、三池がはあ、と重苦しいため息をつく。搔き上げた髪をぐしゃぐしゃと乱して、気持ちを落ち着かせているように見えた。

「夏南さんの件も、俺のことも、どっちも前向きに考えよう……とはならないんですか?」

「結婚ダメ絶対」

三池のため息が深海レベルに達する。

「やっぱりあなたの頭は碁石でできてますよ。ほんっと、固い……」

「ありがとう」

「褒めてない……、いや、そういうあなただってわかってましたけど。思った以上に手強い、というか、成果に対価って……恋愛に温度差がありすぎて勝負にもならないな……」

「……?」

「……夏南さんを気にしてしまうのも、まあわかります。俺の仕事を認めてくれてるのだって、嬉しい。でも、阿久津さん。あなたの気持ちはずっとそこから動かないんですか? 周囲を優先したまま? こうしたいっていう心の声より、こうあるべき、そんな理想にこだわったまま? ――じゃあ俺たちはずっと、家主と家政夫のままですか?」

(ずっと、家主と家政夫のまま……?)

それでなんの問題があるというのか。恋人とはいえ、つけるべきけじめはつける、理想的な大人の関係ではないのか?

言葉どおりにしか捉えられない阿久津には、三池が言葉に含ませた意味に気づけない。三池がどうしてこうも、じれったそうに自分を見つめてくるのか。阿久津はどれだけ考えても、一向に答えの一手が閃かなかった。

＊＊＊

仕事を終えて棋院会館を出ると、空は夕暮れ色に染まっていた。

その場で立ち止まり、もそもそとスマホを取り出す。

（やはり、夏南からの連絡はない……か）

「お兄ちゃんなんてだいっきらい！」事件以降、もう一度冷静に話をしようと何度もメールを送っているものの、夏南からの返信は今のところ一切ない。

（今までだって喧嘩くらいしたことはあったが、ここまでこじれることはなかったというのに……）

この見事なまでの無視。夏南に完全に嫌われ、見放されてしまった……のだろうか。

本当に？　夢じゃなく？　まばゆい笑顔で「おにいたん大好き」と粘土の手作りストラップをプレゼントしてくれた、俺の天使はいずこ？

（それもこれもみんな、どこぞの馬の骨のせいだ……っ）

スマホについている白っち&黒っちを切なく見つめていた阿久津の目に、ごうっと怒りの炎が燃え上がる。これは責任転嫁などではない。まごうことなき真実だ。夏南の恋人（とは認めん）のせいで、自分たちの美しき兄妹愛にひびが入ってしまった。

（……その男と一緒に暮らしていると、確か言ってたな。俺は夏南の顔も見られないどころか、メールの返事ももらえないのに、俺の天使を独り占めしおって……許せん。第一、稼ぎも少ないだろうに、同棲など。夏南に依存しているに決まってる）

幼いころより囲碁にしか興味がなく、世間一般常識もややあやういところがある阿久津にだって、これだけはわかる。——夏南のオトコはろくでなし。はい決定！　排除決定！

「あっ、あの、阿久津先生」

「どうやったら合法的に排除できるものか……」

「あの」

「これが囲碁なら、石を生かすも殺すも、得意なんだがなぁ」

「こ——殺す？」

「……ん？」

石の生き死にのようにハードなものがわりとある囲碁用語をぽろりとこぼした阿久津に、ぎょっとした声が返ってくる。そこでようやく、ろくでなし男をどう討ち取るか考えていた阿久津は我に返った。

「……きみは？」

阿久津の目の前には若い男がひとり、立っていた。年は大学生そこそこといったところか。いまどきの若者といえば、三池をはじめとりあえずパリピの印象を持つ阿久津だが、その男からはそんなイケイケどんどんな空気はまったく感じられなかった。

くせっ毛なのか、カラーリングされていない髪はあちこちの方向へぴょんぴょんと跳ねている。第一ボタンまで留められた白シャツに黒ズボンという組み合わせは、シンプルを通り越して無難だ。彼の素朴さがあいまって、制服を着ている学生にも見えてしまう。

「ぼ、僕あのっ、柳慎之介といいます！　はっ、はじめまして」

緊張感マックスといった様子で男は名乗った。ちょっと大丈夫なのかと思うほど、変な汗をだらだらかいている。そしてお守りのように数冊の本を抱きしめていた。阿久津の記事が掲載されている囲碁雑誌に、阿久津が監修を担当した囲碁解説書……どれも見覚えがある。

「……柳くん？」

「は、はいっ」

「俺になにか用か」

「は――はいっ！　あの、僕、阿久津先生に会いたくて待っていたんです。五時間ほど」

「そうか、五時間か……五時間⁉」

阿久津は目を剝いた。そんな熱烈な待ち伏せをうけたのははじめてだ。

（俺に関する本を抱きしめながら俺を待っていた……熱心なファン、か？）

……というには、様子に違和感を覚える。阿久津に会えて嬉しいというより、緊張して今にも死にそうに見えるのだ。清水の舞台から飛び降りるくらいの気持ちで、阿久津に会いにきましたと言わんばかりの決死の形相の理由はなんだろう。

（ん……？　そういえば、こういう状況を何度か見たことあるな……。そう……そうだ、あれだ！）

阿久津はぽんと手を打った。

（弟子入り志願だ！）

人気のある棋士に、プロを目指す若者が弟子入りしたい場合、手紙や人づてより情熱を訴えられるからと、直談判を決行する者はちらほらいる。アポがなくたって、棋院会館に行けば棋士に会える確率は高いし、そもそも棋士のスケジュールは対局やイベント事の関係上、おおやけになっている場合が多い。

阿久津は師匠のほうからのスカウトだったし、プロになってからも、気難しいと評判が立っていたからか、弟子入りしたいという猛者は現れなかったが……。

（ついに……現れた）

じーんと、感動が胸に押し寄せる。

べつに、棋士の威厳が弟子の有無で決まるわけじゃない。これまで弟子志願の場面に居合わせて、羨ましいな、と思っていたわけじゃない。べつに、べつにだ。

だが……本当の本当は、憧れていたのだ。棋士のたまごに尊敬される棋士となるのを。

「……夢が叶ったぞ……」

「あの……？　阿久津先生。それでその、お話が……」

「わかっているとも！　俺の弟子になりたいんだよな！」

きらきらした目で柳に迫り、その肩をがっしと摑む。口を開きかけたまま、柳が固まった。

なんだ、言いたいことを先に言われて動揺したか？　あの阿久津春光名人に肩を抱かれて恐縮したか？　可愛いな、この！　俺の弟子め！

「どうした、うろたえなくてもいいんだぞ。まあ憧れの棋士を前にしたら緊張するよな。普通だ。わかる、わかるぞ。俺も尊敬する先生を前にしたらそうなる」

「ひ、ひぇ」

「ここで立ち話もなんだ。家で詳しく話を聞こうじゃないか。――いざゆかん、阿久津春光宅！」

「え、は、はい」

ずいぶんと気弱な返事からも、憧れの棋士の自宅にわざわざお招きいただき身に余る光栄、という心中が察せられ、阿久津の満足感や優越感をおおいに刺激する。

（初弟子ゲット‼）

柳を自宅へと連行する阿久津の顔は、もしかしたらタイトルを獲得したときより、喜色満面だったかもしれなかった。


プロの囲碁棋士になるには、年齢制限がつきまとう。

第一に、院生になれるのは十四歳まで。

院生の審査に落ちた場合、外来受験というさらに険しき道を通りプロを目指すことになるが、それも二十三歳未満と決められている。

柳は現在二十二歳だと言うから、今年がタイムリミットだ。

夢が叶うかはたまた散るか、今年で決まってしまうのだ。後悔しないよう、打てる手はすべて打っておきたいに違いない。独学では限界を感じ、憧れの騎士である阿久津に助けを求めたのは当然のこと——と、家に引っ張ってきた柳から身の上話を聞き出した阿久津は深い理解を示した。

囲碁に情熱を注ぐ者に悪いやつはいない。ときに名人タイトルをかけて戦った伊井田のように、やさぐれコースを辿る者もいるが、あんなのは稀だ。

(柳くんはなかなか、目のかけようがある男みたいだし)

阿久津がそう思ったのは、阿久津が振る囲碁の話題に、おどおどしながらも柳がしっかりとついてきたからだった。周りの棋士たちすらディープすぎて引いてしまう阿久津の囲碁バカぶりに対応できるのは大したもので、好きな棋士や一手や思い入れのある対局の話で盛り上がるたび、好きなものを共有できる喜びを強く感じた。

気の弱そうな男ではあるが、その純朴な人柄も阿久津は気に入り、即日「弟子内定」の判断を下したのである。

（三池くん、きっと驚くぞ。——弟子を持つなんて、阿久津さんすごい！　って）

柳が帰ったあと、阿久津は上機嫌に三池のいる脱衣所へと向かった。

「三池くん、今日は赤飯だ！」

「今日は普通の白米です」

阿久津の道場破りならぬ唐突なアクションにも慣れた様子で、洗濯物を細かく仕分けて洗濯機に入れていた三池が答える。

「赤飯が食べたいなら前もって言ってもらわないと。なに、おめでたいことでも？」

「うむ。はじめての弟子とりだ」

「なんですかその、はじめてのおつかいみたいな——は？　弟子？」

今なんて言った、と胡乱な目をして振り返った三池に、阿久津は一部始終を話して聞かせた。

三池は茶を出しにきてくれたとき、柳と顔は合わせている。けれどもずいぶんと若い客がまさか弟子志願にやってきたとは思わなかったようだ。深く驚き、さらには、受験までの間はこの家に住まわせて特訓する——という阿久津の方針を聞いたとたん、顔色を変えた。ずかずかと阿久津の前までやってきて、今にも押し倒しそうな勢いで詰め寄られる。

「いや待って。待ってください。弟子をとるにしたって、なにも同居までする必要ないでしょ」

「あるからそう決めたのだ。棋力を高めるにはとにかく時間と鍛錬。受験までの一日、一時間が惜しい。俺には棋士という、柳くんにはアルバイトという仕事が、日中はある。ならば教えられるのは夜か、少ない休日と限られてくるだろう。落ち合う場所や時間に苦心するくらいなら、一緒に住んだほうがもろもろ効率的だ」

「……」

「なにをそんなに難しい顔をしている、三池くん。師弟がひとつ屋根の下に暮らすなんて、古くさいとでも思っているのか？　確かに今でこそめずらしくなったが、囲碁界にはそういう古い慣習はまだまだ残っているぞ」

「……俺と一緒に暮らすのは考えられないのに、他の男はあっさり受け入れるんですね」

「……ん？　……ん？」

小さく吐き捨てられた、三池の拗ねた呟きを、阿久津は聞き逃さなかった。意外な思いが、そのまま表情に出てしまう。

「なんだきみ。まだ同棲の件を引きずっていたのか」

「……どうせ……」

大きな身体を折り曲げるようにして、三池は頭を阿久津の肩に預けた。顔がよく見えないが、声音からして、捨てられた子犬みたいな表情を浮かべているのかもしれない。

「……俺ばっかりがあなたを好きで、あなたのことを考えて、空回ってるんですよ。バカみたいだ」

(な、なんだこの感情は)

落ち込んでいるらしい三池を見て、胸がきゅうんとなる。可愛い、そう思ってしまう。外見ワイルドで、普段は口うるさいオカンで、阿久津が敵うことなんかひとつもない完璧男が——これは——たぶんきっと。

「……きみ、柳くんにやきもちをやいているのか？　一緒に住むのを先越されて、悔しいのか？」

三池は黙っている。それが答えも同然だ。まさか弟子ができたことで、こんなふうならしくない三池が見られるなんて。阿久津の口元が、にまにまと緩みだす。

「ふ。ふふふ。可愛いところがあるじゃないか、きみも。しっかりしていても、やっぱり若いな。青いな。ひよこちゃんだな」

三池の胸元——エプロンのひよこ刺繍の部分を指でうりうりとつつくと、その悪戯な手をがっしと握られる。びっくりして覗き込んだ三池の瞳は、ひよこでも、子犬でもない、空腹に耐えかねた肉食獣そのものだった。

「……泣かす」

その瞳に、ゆらりと青い炎が宿ったように見えた。

阿久津の手を摑んだまま、もう片方の手で三池がひよこエプロンを脱ぎ捨てる。これは、三池が家政夫から一匹の雄へと切り替わる合図だ。

「あんたに腹立ちすぎてもう限界なんで、今夜は絶対――泣かす」

「……なにゆえ⁉」

不穏な一言に目を剝く阿久津は忘れていた。

一見、穏やかで涼しげに見える青い炎のほうが……熱くて危険であるということを。


「お、おい、なんだこの格好は」

阿久津は脱衣所の床に転がされるなり、羽織袴を雑に乱され肌を剝き出しにされた。

それだけじゃなく、洗濯物のタオルで眼鏡の上から目隠しをされ、解かれた帯で後ろ手に縛られてしまった。自由をことごとく奪われた阿久津が軽くパニックになるのも当然で、しかしその状態に追い詰めた男はといえば、涼しい声で平然と言う。

「阿久津さんに抵抗されたら困るんで」

「抵抗したくなるようなことをするのか⁉　というか、俺が抵抗したところできみに敵うわけがないだろう、体格差を考えてみろ！」

「敵わないわけないでしょ。なんたって俺は、阿久津さんが笑っちゃうくらい、若くて青いひよっこなんですから」

阿久津は呆気にとられて黙り込んだ。ね、根に持っている。さっきの発言を相当根に持っている！

「名人の先生と、青くさいひよっこの対決なんですから、このくらいのハンデもらわないと。いわゆる置き碁ですね」

「お、置き碁……？」

「そ。置き碁って、棋力に差がある相手と対局するときにつけるハンディキャップのことを言うでしょ。この場合、棋力が下――つまり下手なのは俺です。上手の阿久津さんは、俺が先に碁盤に石を置くのを、容認しなきゃいけない。じゃないと、勝負になりませんから。ね？」

「それは、そうだが……」

じゃあなにか？　この場合、碁盤は俺の身体で、ハンデを意味する置き石は、目隠しと拘束で……。

（……むしろご褒美なんだが⁉）

笛吹きやかんがピーッと蒸気を噴くように、プチパニックもどこへやら、阿久津は一気に興奮状態になった。

（これだから……これだから神の一手の持ち主の考えることはけしからん！　最高だ！）

どうしてこうも囲碁を淫らな行為に落とし込むことに長けているのだろう。名人の称号は三池にこそ相応しいんじゃないかと思う。淫碁名人、三池双葉め。

「ほんとわかりやすいな、阿久津さんて。置き碁って言ったとたん、ペニスぴくってなりましたよ」

「う、うるさ……ひんっ」

阿久津が間抜けな声をあげたのは、そのペニスにいきなり刺激を感じたからだ。ごつごつした感触からして三池の手に握られたのだろうが、視界が塞がれているため、いつどこから攻められるかわからず、ひやひやドキドキしてしまう。

「ひん、だって。かーわい……」

笑みを含んだ三池の声がやたらと近くで聞こえる。と思ったら、耳元でくちゃりと濡れた音がした。鳥肌が立つような感覚も一緒に襲ってきて、耳を舐められたのだとわかる。

「や、やめ……っ」

「あんまり早すぎる投了は、マナー違反ですよ。着手したばっかりなんだから……まだ踏ん張ってもらわないと」

「んんん」

踏ん張れるものなら踏ん張りたいが、三池の低くてそれでいて甘い、媚薬みたいな声を耳の中に直接注ぎ込まれると、勝手に力が抜けていくのだ。耳だってもう、舐めるというよりわざと音を立ててしゃぶっている。

それだけじゃない、同時にペニスもやわらかく扱かれた。根元から括れまで一気にカバーしてしまう大きな手は、見えなくても想像できる。

ときおり悪戯に鈴口を突つく指は親指だろうか？　もっと強く、押し込むくらいでもいいのに、焦らされているみたいだ。

（それでも……きもち……っ）

三池に——好きな男に触れられているんだから、当たり前に気持ちいい。

「あ、あ……ふぁう……っ」

上と下から押し寄せる快感に、身体が仰け反り、立てた膝がびくびく震える。自分じゃないみたいな恥ずかしい声が、三池の唾液が絡まる音の合間に聞こえる。

愛撫自体はなまぬるいものなのに、なんだかいつも以上に乱れてしまっている気がする。見えない緊張や、自由に動けない制限が、被虐的な悦びを身体に与えているのだろうか。

「さすがの阿久津名人も、ハンデは厳しかったですか？」

「な、なに……っ、そんなわけが……なかろう、この阿久津春光、置き石のひとつやふたつ……っ」

素直な身体とは裏腹に、強がりが口をついて出てくる。三池はそんな負けず嫌いな阿久津の性格をよく知っているから、ただくつくつと笑い声を漏らしただけだった。

「……そのわりには、ここ、大変なことになってますけどね」

ほら、ぐちゃぐちゃ。そう囁かれた瞬間、乳首にぬるっとしたものが触れた、ように感じた。

「な、なに……っ」

「自分の先走りで濡れた手で、乳首いじめられる気分はどうですか？」

このぬるぬる、ねとねとした、なんとも言えない感触は、阿久津の興奮の証らしい。さっきまでペニスを愛撫していた指で、円を描くように乳首を撫でられた。淫らなしずくを塗りつけられて、そこから切ない快感が生まれて、あっという間に全身へと広がっていく。

「あ、いい……っ」

「ん……すげ、こりこり」

はぁっと熱い吐息を漏らしながら、三池が耳元で阿久津の身体の変化を教えてくる。

「ちょっと撫でただけで、すぐにぷっくり膨らんで……摘んでほしいってねだってるみたいですよ」

「だめ、だめだ、摘むのは……っ」

「だめが、ダーメ。……好きでしょうが、摘んで、強めに転がされるの……ん……？」

好きなわけじゃない、ただ、身体のどこもかしこも三池くんに開発されて、性感帯になっただけで——という言葉は続かなかった。やわらかく撫でられていた乳首を摘みあげられて、指の腹の間で擦り合わされる。

「や、溶ける、乳首……っ！」

本気でそう思うほど、弄られている乳首から強烈な愉悦を感じた。興奮で硬く尖ったそこを、濡れた指でくびりだされては潰される。怖いくらい気持ちよくて、下半身がじれったく疼いて、甲高い声が止まらない。腕が自由になるならとっくに三池の手を払い落としていただろう。キャパシティを超える快感からは、反射的に逃げたいと思うものだ。

「阿久津さん……阿久津名人て、ときどきびっくりするくらい可愛いこと言いますよね……あー、俺も興奮してきた」

「んっ、んっ、あっ」

「キスしましょ、阿久津名人。……口開けて」

「ん……っ」

興奮しているというのは本当なんだろう。三池の声に余裕のなさを感じ、阿久津が言われたとおり口を開けると、すぐさま熱い吐息で覆われる。

最初から舌を絡ませ吸い上げる、大人のキスだった。青くさいひよこなんて、どこにもいない。してやられたような、それでいてたまらなくなるような気持ちに、胸がいっぱいになる。

「……っ」

もう、ひとたまりもなかった。舌を吸われ、しこった乳首を摘みあげられた状態で、阿久津はペニスから白濁を噴き上げた。目隠しの下で星が散る。イく瞬間に全身に力が入り、縛られた手首が少し痛んだが、それさえも快感のひとつでしかなかった。

「……キス？　それとも乳首でイった？」

勝ち誇ったような囁きが耳朶に触れる。悔しい。でも一番悔しいのは、どれだけ快感を与えられても、この意地悪で大好きな男の熱情をこの身に埋めるまで満足できないことだ。

たぶん三池もわかっている。だからまだ、目隠しも帯も取ってもらえないのだ。

「っ、取って、くれ……タオルと、帯……」

「取らなくてもイけたでしょ、阿久津さん」

阿久津は唇を噛んだ。狂おしく甘い感情が、内側から胸を引っ掻いている。

「き、きみの顔を見て、ぎゅって、したい……っ」

「……うん？」

「キスと、乳首だけじゃ足りない。……ここ……っ」

「どこ？」

阿久津は羞恥を堪えながら大きく脚を開いた。みっともない、恥ずかしい格好。三池の目には、ヒクつきながらおねだりしている赤い蕾がはっきりと見えていることだろう。

「そこを、どうしてほしいの？」

わかっているくせに――タチの悪い！

「ここに、三池くんのを、ハメろと言っている……！」

切羽詰まって言うと、次の瞬間、目の前が明るくなった。ようやっと見れた三池の顔は、困っているようでいて、愛しげな笑みを浮かべている。

目隠しのタオル、それから手錠代わりの帯の順番で取り払いながら、三池は言った。

「最後の最後で命令だもんな。阿久津さんらしい」

「うるさい……」

「せっかく泣かしたのに、結局俺が負けた気分ですよ」

ずれた眼鏡を直され、目尻に滲んだ生理的な涙を指で拭われる。泣いていたことに指摘されるまで気づかなかった阿久津はすんと鼻を啜りあげた。

「あと十秒以内にハメないと、次は俺がきみを泣かすぞ」

「怖いな」

仰向けに寝転がったまま睨みつけてくる阿久津にふっと笑って、あらためて阿久津に覆い被さる。さっきまでの意地悪な愛撫が嘘みたいに、触れるだけの優しいキスをして、乱れた羽織袴からのぞく胸や腹、足袋だけきっちり履いた脚に手のひらを滑らせ、最後に蕾に触れた。

「……ん、ぅ」

まず二本埋め込まれた指が、あっという間に三本になる。一度イったからか自分でも驚くほどやわらかくなっているようだ。滴り落ちた先走りでたっぷりと潤っているし、これなら潤滑剤も不要だろう。

三池も同じことを思っていたようで、何度か指で中を往復したあと、あっさりと指を引き抜き「挿(い)れますよ」と言った。ジーンズのフロント部分を緩(ゆる)め、何度見ても立派なモノを取り出し、ポケットから取り出したゴムを被せる。三池は付き合いだしてから、ゴムをきちんと持ち歩くようになった。

薄い材質なのに破(やぶ)きもせず、くるくると器用に根元まで下ろしていく光景に、思わず見入ってしまう。

「……しなくてもいいのに」

阿久津は思わず呟いていた。

ナマでした経験は数えるほどしかないが、三池の熱を全身で感じられるその行為が、阿久津は嫌いではなかった。むしろ好きだしお互い病気も持ってないのだからべつにいい気がするのだが、三池は生真面目(きまじめ)に首を横に振る。

「後始末が大変だし、もしも阿久津さんがお腹壊したら、お仕事に障(さわ)るでしょ」

「オカン」

「そういう萎(な)えるようなこと言わない――のっ」

仕返しのつもりか、三池が充溢(じゅういつ)をひと息に奥まで押し込んできた。その強い刺激に阿久津の減らず口もどこかへ行ってしまい、かわりに甘ったるい声が飛び出す。

「ふぅ……んっ」

囲碁はプロでも、セックスにおいてはまだまだアマチュアだ。自分からもなにかしたほうがいいのかもしれないが、そんな余裕はなく、ただただ三池が起こす荒波に呑まれるしかない。逞しい背中に腕を伸ばしてしがみつく。手のひらで感じる体温や筋肉のしなやかさに、恍惚と安堵を同時に覚える。

「阿久津さんのなか、ほんと良すぎ……は、ぁ……っ」

艶めいた声を漏らしながら、三池が男らしい腰遣いで攻めてくる。硬い剣先で肉襞を掻きわけ、凶暴的なカリで前立腺をぷりぷりといたぶって——阿久津をみるみるうちに遥か高みへと連れていく。

「ん、そうなの、か……？」

「そう。……許されるなら、ずっと抱いてたいくらい」

熱のこもった囁きに、胸も後孔もきゅんとしてしまう。ふいの締め付けに感じたのか、三池が短く息を詰める。

やわらかくとろけた内壁に、彼が夢中で、気持ちよさそうに硬いものを擦り付けてくる動きが、若くてやっぱり可愛い——などとは思っても再びは口にできない。ひよこと侮ればガブリとやられるのは、今さっき身を以て体験した。

「三池くんも、すご……っ」

自分の中をぬぷぬぷと出入りする太い肉棒。これがいつも自分に天国を見せてくれるのだ。愛しさがどうしようもなく募って、三池の背に回していた片手を、繋がりあった部分にそっと添えさせた。

「おっきくて、硬くて……いいこ、だな」

よしよし、と陰毛から付け根あたりを撫でる。

「……ちょ、無意識えろいのやめて。……出るから」

「……？　出せばいいだろう」

困った顔をしている三池を見上げ、呟く。

「俺のなかでどぷとぷって……全部」

「ッ」

三池が堪えるような顔をして、ぎゅうと阿久津を抱きしめる。そのまま荒々しくなりふり構わない様子で二度、三度と腰を打ちつけたあと、阿久津の肉筒に包まれた三池の分身がびくびくと跳ねた。

「……あっ、あっ」

若くて硬い雄が、自分の内部で我慢できなくなったように、膨れ上がって暴れ回っている。それは阿久津にとってもたまらない刺激で、敏感な内壁や、なにより弱い奥を不規則な動きで擦ったり抉ったりされて、驚きに目を見張ったままイってしまった。白い脚で三池の腰をぎゅっと挟むと、彼の腰も細かく震えているのがわかる。

「……三池くんもイったのか？」

「……誰かさんのおかげで」

阿久津より一歩早くイってしまったのが恥ずかしいのか、三池が気まずそうに目を逸らしながら呟く。

「やったぞ。今度は俺の勝ちだな」

「いや持碁でしょ」

引き分けを意味する囲碁用語を呟いて、阿久津の中から己を引き抜いた三池は、身なりを整えたりタオルで阿久津の身体を清めたりと、いつもどおりのオカンぶりを発揮し始めた。

「このまま風呂に入りますか？」

「ん、そうする」

「阿久津さん、わかってます？」

「なにがだ」

「柳くんを住まわせたら、この家でこんなことはできないんですよ？」

立ち上がり、羽織袴を脱ぎかけていた阿久津は、ふいに投げられた三池の言葉に動きを止めた。

「……そう、なる、な」

そういった込み入ったことまでは考えてなかった。動揺し、目が泳ぐ。

そうか、そうだよな。弟子がいる家でセックスなんてできるわけがない。え、じゃあどうなるんだ？

「……阿久津さんの身体じゃ無理でしょう。禁欲なんて」

耳元でそっと囁かれる。唆そうとしているのか、どこまでも甘く、優しく。

「……俺なしじゃいられないはずですよ？」

「う、ううう」

「同居はやめたほうがいい。でしょう？」

「そ、そうかな……そうなのかな……」

「そうですよ。第一、あの柳くん、阿久津さんのファンかどうかも怪しいですよ。少し見ただけでも違和感ありました。憧れっていうより、なんだか挙動不審な様子だったし……阿久津さん？」

三池のそれは、完全に失言だった。

三池の誘惑に揺れかけていた阿久津の心に、ビシッとひびが入る。

「俺に憧れるなんて、おかしいと……？」

ぷるぷると身体が怒りに震える。

「おかしいっていうか、そうは見えなかったってだけで」

「同じことではないか！　きみは……っ、きみは、俺が師匠の器にないというのか、失礼な！」

阿久津は柳が弟子になりたいと訪ねてきてくれて本当に嬉しかったし、三池にも自分と同じくらい喜んでほしかったのだ。

それなのに三池は不審がるやら反対するやら、しまいには柳の意図まで疑い始めた。

（なんという屈辱……っ）

あやうく大好物の囲碁エッチで誤魔化されるところだったが、そうはいくものか。俺は俺の信念を貫くと、阿久津は人差し指を三池の鼻先に突きつけた。

「いいか。俺はもうスランプでもない、タイトルも獲って、弟子に頼りにされる、一人前の棋士だ。きみの助けがなくても――いちゃいちゃできなくても平気だ！　ぜんっぜん、痛くも痒くもないわ！」

「――」

三池はとくに反応もせず、淡々と洗い物を拾い集め、洗濯機に入れると、スタートボタンを押した。そして脱衣所のドアに手をかけたところで、ちらりと阿久津に視線を投げる。

「勝手にすれば」

冷めきった声と瞳――。

三池が出ていき、ドアが閉まると同時に響いたピンピロリロリン♪　という洗濯機の稼動音がなんとも間抜けで、阿久津のいらいらに拍車をかけた。

「勝手にするとも!!」

阿久津春光、ここに宣言である——。


そうして、柳が阿久津宅に住み込んでの、特訓の日々が始まった。

プロを目指すくらいなのだから、そこそこの棋力はあるものと踏んでいたが、その予想はもののの見事に外れた。

着手は遅いし、目を見張るような手も打てない。これでよく棋譜審査に通ったものだと驚いたくらいだ。

棋譜審査とは、芸能人のオーディションでいう写真選考みたいなもので、それに通らないと次なる受験資格が与えられない。与えられたとしても、そこからは完全に本人の実力がないと勝負にならない。

「……柳くん、わかってるよな? 外来受験の厳しさを」

場所は阿久津の自室だ。阿久津の真面目な声に、碁盤を挟んで向かい合う柳が、尻尾の垂れた犬みたいな顔で「……はい」と答える。

「外来予選、合同予選、そして本戦——いずれも総当たりリーグ戦で、きみは他の外来受験者や、院生相手に勝ち抜いていかなければいけない。プロへの道のりは遠く、険しい」

「そのとおりです……」

「はっきりいってきみは、現時点ではプロ入りを目指すには断然厳しいレベルだ。相当な——それこそ血を吐くような努力が必要とみられる。きみにそれが耐えられるか？　諦めないで、上を目指すと誓えるか？」

阿久津の言葉に、柳ははっと息を呑むと、なにかを考え込むように視線を落としつつ言った。

「……あ、の……阿久津先生は、諦めが悪い男は嫌いですか？　無理だと、力不足だと、どれだけ反対しようと、好きなものはどうしても譲れないと……僕がしがみついたら、幻滅しますか？」

「するわけなかろう！」

阿久津は目をかっと見開いて、腕を伸ばし柳の両肩を摑んだ。ひえっと反射的に竦み上がる柳を力強い言葉と激しい揺さぶりで励ます。

「よく言った。それでこそ俺の一番弟子だ」

「は、はい」

「一緒に頑張ろう、そして囲碁界の明るい未来を築こう、柳くん！」

「が、頑張ります……！」

ここが夕日の滲む海岸ならば、阿久津は確実に柳と肩を組み、走っていただろう——そう思うほど、ふたりの心は結束していた。

が、弟子との関係が良好な一方で、三池との仲は冷え込んでいた。

勝手にすればと阿久津を突き放してからも、三池は相変わらず家政夫の仕事を完璧にこなしているが、恋人の顔は一切見せてくれなくなった。

会話は伝達事項、つまり仕事に関することのみ。それも淡々とで、笑顔はなし。定時がくればさっさと帰っていく。エッチはおろか、キスのひとつもしない。

ありていにいえば——そっけない。

(当然といえば当然だが……)

柳が同じ家にいるのだから、いちゃつけるわけがない。それを事前に指摘した三池に対し、逆ギレ気味にいちゃいちゃできなくても平気だと言い張ったのは他でもない自分だ。

つまり今の状況は阿久津自身が招いたもの。それに淋しいだの物足りないだの不満を唱えるのは、筋違いだ。

わかってはいる。

わかってはいるが——。

（お、思った以上に、きつい……）

そんな日もしばらく続くと、ガス欠状態になってくる。

三池の姿が目に入らなければまだ煩悩を追い払えるのかもしれないが、彼は家政夫としてほぼ毎日家にやってきては、目に毒な色気やかっこよさを見せつけてくるのだ。くらくらしてたまらない。

いや、ストリップしながら練り歩いているわけでもなし、彼は普通に仕事をしているだけでべつに見せつけるような行動をとっているわけじゃない――そんなことはわかっている。けれども意識してはならんと思えば思うほど、彼の姿を目で追ってしまい、男としての魅力にあらためて気づかされるのだ。

料理をするときの真剣な横顔。キスの上手い唇。太い首筋と張り出た喉仏。丁寧に包丁を扱う、大きくて無骨な手。モデルばりに長い脚。ひよこエプロンを纏う、逞しくしなやかな身体――。

（……かっこいい、な。素敵だな。あの肉体に俺は……だ、抱かれてたのか）

今日も今日とて、台所の扉の陰から三池の姿を盗み見ては、ときめきとむらむらを募らせてしまう。

いかん、見るな、思い出すなと自分に言い聞かせ、ぶるぶるっと首を横に振り、自室へと引き返した。息抜きという名の三池ウォッチングは終わり。まだ特訓の合間なのだ。

小休憩を言い渡した柳は、寝泊まりしている部屋で誰かと電話をしているようだった。その楽しそうな声が、阿久津のいる廊下まで漏れ聞こえている。

(……恋人だろうか)

柳は自由時間になると、たまにこうして電話をしている。その愛しさや優しさが滲む声、そして会話の雰囲気から、特別な相手であることは察せられた。

(恋愛など無縁な、大人しそうな男と思ったんだがな……。囲碁と違って女性への着手は早いときた)

むかむかする胸の内を形容するに相応しい言葉が、確かあった気がする。そうだあれだ。若い棋士が以前、外でいちゃつくカップルを見て呪詛のごとく呟いていた。

「……りあじゅう滅びろ……」

本気で柳に言っているわけではないが、めちゃくちゃ死ぬほど羨ましい。

自分だってあんなふうに三池ときゃっきゃうふふと話したいし、もっと出来るなら触りたいし、触られたい。

本当に――なんでこんなことになったんだろう。身から出た錆、そして柳のためとはいえ、三池につれなくされては世の恋人すべてを呪ってしまいそうだ。

(ええい、らしくもない)

煩悩や雑念を払いのけるべく、阿久津は勢いよく目の前の襖を開けるなり叫んだ。

「休憩終了！」

びっくりした柳が池の鯉みたくその場で飛び跳ねて、慌てて電話を切る。柳と、柳の恋人には申し訳ないが、今の優先事項は恋愛より囲碁だ。

（そうだ。碁を打って打って打ちまくれば、よけいなことは考えずにすむ！）

このときはまだ――そう思っていられたのだ。


が、特訓も二週間を過ぎると、いよいよ三池不足も深刻なものになってきた。

終始――それこそ碁を打っているときでも三池のことばかり考えてしまい、集中力が続かない。特訓だけに言えたことではなく、普段の対局にもその兆候は出始め、凡ミスが増え、ついには信じられないような負け方までしてしまった。

「阿久津名人でも、こんな初心者みたいな負け方をすることもあるんですね……」と後輩棋士に慰めか追い討ちかわからない言葉をかけられ、帰路につく間、阿久津はずっと落ち込んでいた。

言えるわけがない。まさか対局中に三池との囲碁エッチを思い出していたなんて。

碁盤に見立てられた自分の身体に碁石を並べられて、「今からここを荒らしますよ。着手禁止点はどこです、乳首ですか？　ゆっくり攻めたいところですけど、お尻に早打ちされるのが好きですもんね、あなたは」と意地悪にして最高の言葉攻めをされるところを妄想していたなんて、口が裂けても言えるはずがない。

（ただでさえ変人と言われているのに、このうえ変態の称号まで増やすわけにはいかん……）

変人でも変態でも、勝てばまだ目を瞑れる部分もあるだろうが、こんな情けない勝負をしたのでは話にならない。

どんな実力者といえど、永遠に勝ち続けられるわけではない。それはわかっているが、あまりに今の自分が不甲斐なく、阿久津はへこむと同時に実感した。

（三池くんの存在って……本当にすごく、大きいものだったんだな）

スランプでもないときに彼の助けは不要と強がりはしたが、それは大きな間違いだった。

彼がいるから頑張れる。彼との触れ合いがあるから力が出る。彼を恋に落とし続けていたいから、棋士として人として、立派でありたいと思う。

阿久津の力の源は、いつだって三池だった。それこそ三池が『手紙のあの子』であったころから変わらずに。

（むしろ、今ではもう、俺の一部だ）

自分の人生に欠かせない人。欠けたらこうなる……というのは、今の阿久津のダメダメっぷりが証明している。

家に着き玄関に入ると、三池のスニーカーがきっちりと揃えて置いてあった。そして微かに水音が聞こえた。台所ではなく、風呂場のほうから聞こえる。どうやら三池は風呂掃除をしているらしい。

自然とそちらに足が向いた。風呂場の扉にそっと手をかける。ひよこエプロンを外し、Tシャツとジーンズ姿でスポンジ片手に風呂を磨く三池の後ろ姿が見えた。とたん、飛びつきたい衝動に駆られる。

三池くん。ただいま。今日は負けてしまったんだ。だからきみに慰められたい。ぎゅっとされたい。イヤなこと全部、忘れるくらい強く、抱いてほしい……。

（……なんて、言えるわけない）

三池が生活どころか人生において必要不可欠であることを自覚したとはいえ、それを素直に伝えるということは、自分の弱さや甘えを露呈するも同然だ。そんな情けないことはしたくないし、どれだけぼろぼろになっていようと、プライドが許さない。

（だがもう限界だ……いちゃちゃしたい……っ、くそう、どうすれば）

無言で悩みまくった果てに、阿久津はふと閃いた。

前に三池が教えてくれたじゃないか。恋人同士の睦みあいのようなひとときから、オナニーショーが始まることもあると。ならその逆もあるのではないか？

オナニーを――艶かしい行為を見せつければ、三池のほうも興奮して、自然とそういう空気に持っていけるのでは。

これなら阿久津から頼み込むような無様な姿を晒さなくても、三池にきっと触れてもらえる。襲うのではない。襲わせてやるのだ。

(……名案だ!)

阿久津は自画自賛すると、その場で眼鏡を外し、羽織袴をはじめ着ていたものすべてを脱ぎ捨てた。衣擦れの音に反応し、三池が振り向く。掃除に夢中になっていた間に阿久津が背後に立っていただけでなく、すっぽんぽんだったので、さぞ驚いたのだろう。「え」と言ってスポンジを落とした。

「いつからそこに……てか、なんで裸なんです⁉」

「外で汗をかいたから、風呂に入ろうと思って」

「まだ洗ってる最中ですよ。見てわかるでしょ」

「待てないから入る。なに、きみは気にしなくていい。俺は勝手にシャワーを浴びるから、そのまま掃除を続けてくれたまえ」

「気にするに決まってんでしょーが!」

三池の突っ込みを無視して堂々と風呂場に踏み込む。素っ裸になって風呂場――密室で三池とふたりきりになったのはいいが、ここからどうしたらいいのだろう。ええとそうだオナニーだ。

阿久津はボディーソープを手にとると、最大限に色っぽい感じで自分の身体にそれを塗りつけた。腰をくねらせ、尻をふりふり、サービスに乳首までひねって見せてやる。

「どうだ」

「どうとは」

「クリーム色の液体にまみれる俺のことだ。興奮するか」

「心配でしかありませんよ」

頭が、と三池が深刻そうな表情で言う。ここまで視覚に訴えているのに、理性を手放さないとはしぶといやつめ。阿久津は内心舌打ちしながら、次なる手を必死に考えた。

「……っ、続きましては」

「なにが続きましては⁉」

「お身体拝借」

「なんで拝借されなきゃいけないんです⁉」

ああだこうだうるさい三池の背後にまわり、Tシャツの裾を摑んでべろっと捲り上げた。惚れ惚れするような隆起を描いた肩甲骨をはじめ、鍛え抜かれた背中が露わになる。

阿久津はそこにぴたりと胸をくっつけて寄り添うと、自分の肌で三池の肌を洗うみたいにして身体を上下に動かし始めた。

「っ……阿久津さん、なにを……」

「身体を洗うタオルを持って入るのを忘れたのだ……だから、きみの背中を借りてる」

「……ぜんっぜん、意味わかんないんですけど」

「ん、うむ、硬くてごわごわ、ごりごり？　なかなかの肌触りで、いいぞ」

「お願いだから聞いて……」

三池が天を仰いで困り果てた声を絞り出しても、阿久津は張り付いた背中から離れようとはしなかった。振り払われないのが嬉しかったし、強引でもなんでも、久しぶりに触れ合えていることが幸せでしょうがない。

「はっ、ぁう」

三池の背中に肌を擦り合わせるうち、ボディーソープが泡立ってくる。綿帽子を被ったような乳首が、三池の背中の上でころころ踊った。快感を孕んであっという間に芯を持ち、小さな花の種から熟した赤い果実へと姿を変える。

早く摘んで、そして食べて。三池にそうせがむみたいに、しっかりと抱きついて、何度も胸を擦りつけた。

（なんだか、変な感じだ……でも、こういうのもいいかもしれん……っ）

「んん」

三池の肌の熱さと感触に酔いしれるように、阿久津は甘い声を漏らしながら、鎌首をもたげていく己のペニスを見下ろした。おい、元気になるのはおまえじゃない、三池くんのほうだろうが。

「阿久津さん、いい加減……っ」

阿久津の腕から逃れようと、三池が身じろぎし、後ろを向く。彼の頬は赤くなっていた。同じようにドキドキしてくれているのかもしれない。あとひと押し、そう確信してまっすぐ三池の瞳を見つめる。

「……三池くん、洗って」

泡のついた乳首と、先走りが浮かんだペニスに、三池の視線が吸い寄せられているのがわかる。

「……舐めて、洗って。……なかは、きみので」

みなまで言わずとも、最後の言葉は、三池のペニスを挿入(そうにゅう)してくれという意味だと伝わっただろう。三池の喉がごくりと動き、阿久津の脚の間に膝を割り込ませ、風呂場の壁に身体を押しつけてくる。

彼の瞳に戸惑いの色はすでになく、今にも溢れそうな情欲だけが滴(したた)っていた。

「……どこで覚えたんです、そのヘタなＡＶみたいな台詞」

「……？　自作だが。というか……本心なのだが」

俺はおかしいことを言ったのか、と首を傾(かし)げる。

「……、ほんとあなたって、タチわる……」

ため息とともにしみじみと呟いて、三池は阿久津の頤を手で固定すると顔を寄せてきた。

「……そこがたまんない俺も、どうかしてるけど」

三池が目を閉じ、その唇が徐々に近づいてくる。キスの訪れを察知した阿久津の心ではリオのカーニバルが開幕した。

やった。オナニーからの誘惑作戦、大成功だ。

(三池くんがやっと、その気になってくれた──!)

「ただいま、戻りましたー」

そのときだった。玄関のほうから声が聞こえたのは。

唇が重なる寸前で、三池の動きが止まる。

「……柳くんだ」

阿久津は呟いた。

今日は帰宅が遅くなると言っていたのに、意外に早かったようだ。ちょっとだけがっかりしてしまうが、家の中を自由に歩き回れはしても、さすがに中に人がいるのに風呂場までは入ってこないだろう。

阿久津はそう判断し、三池に声をかけた。

「大丈夫だ、彼もここまではこない……三池くん?」

三池は阿久津を囲う形で両手を壁についたまま、深々と項垂(うなだ)れていた。

「……あっぷねぇ……」

心底肝が冷えたような声を漏らしている。なにがあぶないんだと、きょとんとする阿久津から身を離すと、三池は「ゆっくりシャワー浴びてください」と言って背中を向けてしまった。

「え」

風呂場から出て行こうとしているのを察し、ハッとした阿久津が「ちょっと待ったーっ！」と叫ぶ。

「続きは⁉」

「…………Ｗｅｂで」

ぱたん、と鼻の先で扉が締められる。

「……なんでだ」

ひとり取り残され、阿久津は呆然と呟いた。

いいところだったのに。あとちょっとだったのに。絶対絶対、三池もその気になっていたのに！

「寸止(すんど)めのあげく放置など……っ、この俺がこうまでして手を出さんなどありえんだろう！

テクニシャン三池はどこへいったのだ、馬鹿者(ばかもの)ーっ！」

カーニバルになりかけたオナニーショーの、あまりにあっけない結末に、阿久津は声を張り上げ異議を唱えたが――三池はやっぱり戻ってこなくて、再開催とはいかなかった。

――むしゃくしゃして阿久津はとうとうその夜、ひとりエッチに手を出してしまった。

三池を誘惑するという目的もない、ただ淋しい自分の身体を慰めるだけの、完全個人遊戯――まさしくオナニーだ。

「ん、ふう……っ」

オカズは三池が忘れていったひよこエプロンだ。台所の椅子にかけっぱなしになっていたのをこっそり拝借した。洗っていないので、まだ三池の香りが残っている。

香水のような艶かしい類じゃなく、味噌とか調味料の……お母さんの匂いというやつだ。

普通の男だったらオカン臭なんて勘弁と萎えるのかもしれないが、阿久津にとってはなにより安心できるし、ときめく。

ひよこエプロンに鼻先をうずめながら、香りの力を借りて布団に横たえる身体を熱くする。

もともと風呂場で中途半端に昂ぶったものだから、その気になるのは早かった。

(三池くんの馬鹿者……ケチケチしおって……あのまま抱いてくれればよかったものを)

風呂場で寸止めされた阿久津の恨みは根深かった。勝利を確信した対局で、まさかの逆転負けを喫した気分だ。

（いや、彼だって。その気になってたはず。柳くんが帰ってこなければ……）

どうなっていただろうと想像を巡らす。ぶっちゃけて本日のお邪魔虫大賞、柳は、今は客間でぐうぐう就寝中だ。阿久津の自室からは離れているし、連日の特訓に疲れているようだから朝までは起きないだろうが、極力声は抑えなければと思う。

（……あのまま、続きができていたら。キスして、それから……）

左の人差し指と中指を揃え、口の中に差し入れる。目を瞑って、この指は三池の舌だと思い込み、口内を掻き回した。

「ふぁ……」

三池のキスは、はじめ優しいのに段々と強引になる。阿久津のすべてを知って味わいたい、そんな気持ちをぶつけるように、潜り込ませた熱で阿久津を翻弄する。

粘膜をたっぷりと舐められ、舌をいやらしく絡められる。そうすると口の中がすぐふたりぶんの唾液でいっぱいになって、それが目当てと言わんばかりに、音を立てて啜られるのだ。はしたないと思うのに、身体がぞくぞくするような悦びを感じて、キスだけでイってしまうときも……たまに、ある。

自分の指を使い、三池のキスをなぞっていたら、下半身が張り詰めていくのがわかった。

「……うう……」

うっすらと目を開け、口から引き抜いた指を布団の中にもぞと入れる。少し迷って、後孔を弄ることにした。前を触りたい気もするが、長い間放っておかれている後ろのほうが、疼きはひどい。それもこれも石頭の三池のせいで。

「きみがつれないせいで、俺はこんな……こんな……っ」

ひよこエプロンをがじがじと齧りながら、唾液に濡れた指で蕾を撫でてやる。はじめからオナニーするつもりで布団に入ったので、浴衣の下にパンツは穿いていない。

「あ、きもち……」

蕾に少しだけ、第一関節あたりまで指を埋め込んで、中をくちゅくちゅと往復する。これ以上奥を弄るのは怖いけれど、このくらいならすごく気持ちがよかった。甘さと激しさの間の快感が、ぞくぞくと腰を震わせる。

やっぱり前も、それから乳首も淋しいから、身体を横向きからうつ伏せに変えてみた。ひよこエプロンをくわえながら、布団に乳首とペニスを擦り付け、蕾を指で慰める。

「ん。っふ……」

目を瞑れば、刺激をくれているのは布団ではない、三池の手だと思えた。意地悪で、でも優しくて、触れ合うことがどんなに幸せか教えてくれる手。

その手に愛されるところを想像し、切ない快楽が全身を支配した。暗がりに、荒い自分の呼吸音が溶ける。

「イっ……く」

ひよこエプロンを離して呻いた。蕾がきゅうと指を締め付け、淋しがりやの肉襞が絡みついてくる。自分の身体の淫猥な反応にまたひとつ興奮を覚える。

うっすら目を開けると、布団にしつこいくらい擦られ、ぷくぷくに腫れた乳首が視界に入った。

こんないやらしい乳首、三池に見られたらきっと言葉攻めの限りを尽くされ、嬉々としてしゃぶられる――。

その光景を脳裏に描いた瞬間、蕾はより一層収縮し、身体の中心から狂おしいほどの切なさとともに湧き上がってきたものがペニスの先から溢れた。驚くほどどろどろと濃いそれは、時間をかけて布団に吐き出される。

(……やってしまった)

色々な意味で。

阿久津は汚れた部分を避けようとして、結果畳に突っ伏した。

「……洗濯、どうしよう」

布団て普通に洗濯できるのか。クリーニング……は無理だ。三池に洗ってもらうのはもっと無理だ。いっそ新調するか。

こんな青少年のような悩みを自分が抱える日が来るだなんて。そもそもオナニーだって、ごくたまにしぶしぶ行う、面倒極まりない作業でしかなかったのに。それもオカズは囲碁一択だったのに。

それがこんな……三池単体で抜くなど……信じられない。人は変わるものだとつくづく思う。

（もう完全に、心も身体も、三池くんに溺れきってしまったのだな……）

落ち込みを通り過ぎて、阿久津は悟りを開いた気分になった。

本当にどうしよう、これから……。


それから数日間、悩みに悩んだ阿久津は、遠回しな誘惑がダメならもう、正攻法しかないと腹を括った。

が、素直に「ナマ言ってすみませんでした。いちゃいちゃさせてください」とお願いできないのが、阿久津春光。そういう発想自体ないのが阿久津春光である。

「いちゃいちゃはいらんと言ったのは撤回する。いいや、きみこそそろそろ俺不足だろう、触らせてやってもよいのだぞ」

その日。

出先で公演の仕事を終えたばかりの阿久津がえらそうに話しかけているのは、街の薬局の店先にある、二本足で立って服まで着ているカエルの人形だった。

カエルに三池の代わりになってもらい、今は、仲直りのシミュレーションの真っ最中なのだ。開き直りともいうが。

駅にほど近い通りには、日曜ということもあり、多くの人が行き交っている。「着物美人がカエルに話しかけてる……」「え、あれって阿久津春光棋士じゃない？　いやでもカエル……人違いか……」なんて言葉が周囲でちらほらと囁かれる。しかし三池対策にド真剣な阿久津の耳にはまったく入ってこない。

「よし、こんなところだろうか。協力感謝する」

ようやくしっくりくる脅し文句……口説き文句が見つかり、満足した阿久津がカエル人形に礼を言ってから振り返った——そのときだった。

「ん？　……あれは」

道路を挟んだ向こうの通りに、見知った姿を見つけた。周りにたくさんの人がいてもひときわ目を引く、高身長とワイルドな美貌。——あれは間違いなく三池だ。

彼が休みで阿久津の家に来る予定もない日に、外でたまたま見かけるなんて、すごい偶然もあるものだ。

……いや、もしかして運命だろうか。今すぐここで彼を捕まえて、さっきのシミュレーションを実践せよという、神のお導きのような気がしてきた。神じゃなくてカエルかもしれないが。

（そうとなったら）

「三池くん！」

阿久津は精一杯声を張り上げた。しかし車通りも人通りも多いこの場所では、騒音にやすやすと掻き消されてしまう。

早くしないと見失ってしまうではないかと、なかなか信号が青にならない横断歩道の前で地団駄を踏む。

そうこうしていると、三池はあるビルの中へと入っていった。

（……え……？）

ここから見ただけではどうしても信じられなくて、信号が青になるなり横断歩道を走り抜けた。袴の裾をからげ、ぜえはあしながらついさっき三池が入っていったビルの前まで辿り着く。

横長の二階建てで、一階部分はカフェ、そして三池がわきにある階段で上がっていった二階にあるのは――。

「……『結婚相談所　マリコにおまかせ』……」

でかでかと掲げられた看板を読み上げた阿久津の頭が真っ白になる。

け……ケッコンソウダンジョ……？　ナニソレオイシイノ……？

壊れたロボットのようなぎこちない動きで視線を落とせば、ビルの前にもピンク色ののぼり旗が立てられている。

『これまで数多くのカップルを成立させてきた敏腕所長、その名もマリコ！　この道四十年、愛の仲人、その名はマリコ！　今すぐ結婚したいあなた、マリコにおまかせ！　ハッピーウエディングをお約束します』


風にはためくのぼり旗に並ぶのは、かなり強気な宣伝文句だ。

死んだ魚のような目でその文字を追っていた阿久津は、往来であることも忘れ、その場にがくっと膝をついた。

（三池くんが……結婚相談所に……）

結婚相談所を訪ねる用事など、ひとつしかない。結婚したいから行くのだ。結婚相手を見つけたいから行くのだ。

（お、俺というものがありながら……）

世界中の不幸がこの身に降りかかってきたとしか思えない。夢だったらよかったが頬をなぶる風の感触は本物だ。念のためつねってみたが、しっかり痛かった。

（どうして。どうしてなのだ、三池くん）

自分はなにか、彼に嫌われるような……気に障ることをしてしまっただろうか？

そんなひどい恋人ではないはずだ。身に覚えがあるとすれば、同棲の話を断った直後、弟子をひとつ屋根の下に置いたり、触れ合い断ちをしたり、かと思えばヘタな誘惑をしてみたり、した、くらいで……。

「……」

(……それが原因か⁉)

思い当たる節がありまくり、阿久津は愕然とした。

阿久津が自分勝手なのもわがままなのも、今に始まったことではない。だから三池だってそんな阿久津の相手は慣れたもので、いわゆる欠点すら、容認してくれていると思っていた。

(怒らせても、最後は許してくれると……わかってくれると……)

それこそが思い上がりだったのだと、今になって痛感した。三池にだって我慢の限界はあるはず。振り回されるばかりの恋愛に嫌気がさし、いよいよ阿久津に見切りをつけて、行動に移したということだろう。

それが、結婚相談所。

(彼の望みを叶えてくれる——一緒に住んで、素直にいちゃいちゃしてくれる、可愛い伴侶を探し始めたということか……)

自分以外の。

自分とは正反対の。

身から出た錆、という言葉が重い拳となってカウンターを食らわせてくる。

頭は真っ白、顔は真っ青で――。阿久津は負けの決まったボクサーみたいに、立ち上がる気力もなくその場に佇むしかできなかった。


衝撃的な光景を目にしてしまった阿久津は、ほとんど屍状態で帰宅した。

よろよろとした足取りで帰ってきたかと思ったら、魂の抜けた顔で玄関に座り込んでしまった姿を見て、出迎えに現れた柳が慌てる。

「ど、どうしたんですか、阿久津先生。どこか調子でも悪いんですか。痛いところは……」

「……心」

「しっ、心臓⁉」

ひえっと驚いて阿久津の横に膝をつき、一生懸命に背中をさすってくれる。

「病院行きましょうか。保険証ありますか」

そう言ってくれる優しさが身に染みた。

彼はいいやつだ。プロ棋士を目指しているため定職にはついておらず、性格も気弱で頼りなさげと、決して理想的とは言えないが――他者への接し方、そして物事への取り組み方がとにかく誠実で、思いやりに溢れている。人としての価値をはかるには、その人柄だけで充分だ。

こんないい青年に対し、自分ときたら。以前、恋人と電話中の彼に対して、恋愛など無縁そうだの女性への着手は早いだの、失礼な感想を持ってしまったことを申し訳なく思った。今なら柳の恋人が彼を好きになった理由がよくわかるというのに。

「……きみの恋人は幸せ者だな」

ぽつりと呟くと、背中をさする柳の手が止まる。見ると、驚いたような——というよりなぜか、恐れおののいている表情をしていた。

「こ、恋人って——」

「……？　なにをそんなに驚いている？　きみに恋人がいることくらい、知ってるぞ。しょっちゅう電話してる声が、部屋の外まで漏れてたからな。あんな幸せオーラ満開で話をされたら、簡単に想像がつく」

「あ、な、なるほど、そういう……。す、すみませんっ」

「べつに、悪いとは言っていない」

いつも以上にびくびくしだした柳に、大袈裟なやつだな、と眉を寄せる。阿久津は弟子に恋愛を禁じた覚えはないのだが。修行中の身でありながら女性にうつつを抜かすなど笑止千万とでも言うと？　……まあ言いかねないイメージだろうが。

それでも、今の阿久津は恋を知っている。好きな人がいる、ただそれだけのことが大きな力になると、三池が教えてくれたのだ。

はじめての恋。大切な人。壊さないように、離れないように、よかれと思ってやってきたことが――今、すべて裏目に出ている気がする。

「……なんでこうなったんだ」

頭を抱え、自分自身を責め始めた阿久津に、柳が心配そうな目を向ける。

「そりゃあ、俺だって思うに決まってる……ずっと一緒にいたいって。触れ合っていたいって。正直、きみなしじゃ生きていけないって！　……だがそんなの、甘えにほかならないだろう……？　負担になるに決まっている。だから……だから恋人とはいえ、なあなあの関係になりたくないと、同棲だって断ったのに……」

柳に向けたというより、自分自身に問いかけている言葉だった。

これでよかったのか、なにがいけなかったのか。最善と判断して打った一手が完全なしくじりとわかった今、誰か答えがわかるなら、どうか教えてほしい。

「……あの、よく、わかりませんが」

鬱々(うつうつ)とした阿久津の隣で、柳が戸惑っている。それはそうだろう。詳しい事情説明もすっ飛ばして、阿久津が勝手に愚痴(ぐち)を垂れ流し始めたのだから。

「恋人さんとの関係でお悩みで……？」

でも空気を読むに長けた柳らしく、阿久津の様子や話の内容から、恋人となんやかんやあってうまくいっていない――ということを感じたようだ。再び阿久津の背中をゆっくりとさすりながら、穏やかな声で話しだす。

「あくまで僕が思っただけなんですけど……。阿久津先生は……難しく考えてるだけな気がします。恋人とはいえけじめをつけたい、お相手の迷惑になりたくないと、自分自身を律しようとするのはさすが阿久津先生だとは思いますが……。一緒にいたい、触れ合いたい、その人なしじゃいられない——って、本当に甘えなんでしょうか」

「……甘えじゃないなら、なんだと？」

「大好きって証拠です」

「……大好き？」

あまりにシンプルな答えに意表を突かれ、阿久津は顔を上げるとオウムのように繰り返した。視線の先で、柳がにっこりと笑っている。

「そうです。阿久津先生は恋人さんが大好きだから、弱さも欲望もすべてさらけ出すような真似をして迷惑をかけたくない。そんな自分を許せないというのもあるでしょう」

さすが阿久津のファンであり、しばらく一緒にいた弟子なだけあって、阿久津の頑固さやプライドの高さをよくわかっている。言い当てられた阿久津はむうと眉根を寄せるが、返す言葉がないので黙るしかない。

「大好きな証拠を見せられて、イヤな思いをする恋人なんていません。迷惑なんてとんでもない。むしろご褒美ですよ」

「……そ、そうだとしても、自分で言うのもなんだが、俺はこの性格だ。めんどくさいし……

手もかかるし……家事はてんでダメだし……。一緒に暮らしたら、さすがに嫌気がさすんじゃないか？　ご褒美だって罰ゲームに変わる可能性も……」

もじもじと不安を吐露する阿久津を見て、柳がぷっと噴き出す。

「阿久津先生って、気が強い方かと思えば、そういう可愛らしいところもあるんですね」

……そっくりだな、ほんと。

最後の呟きは小さくて聞き取れなかったが、柳の愛しさを噛み締めたような微笑みがやけに印象に残った。

「大好きな人のそばにいられるなら――力になれるなら。そんなこと、意外とどうでもいいんじゃないでしょうか」

大好きな人の力になれるなら……。

柳の言葉を心の中でゆっくりと噛み砕く。

本当に、ただそれだけのことなのだとしたら。

三池の存在が阿久津の力になっているのは言うまでもない。手紙をくれていたころから勇気づけられていたし、家政夫として来てくれるようになってからは心身ともにサポートをうけ、順調に仕事をこなせるようになった。

そして恋人になってからは、自分のためだけじゃない、彼に喜んでもらうため頑張ろうと思える――すべてにおいてのパワーの源になっている。

そんなふうに、自分だけが、彼に助けられている気でいた――でも実際は違うのかもしれない。

（俺を支えることを、三池くん自身も、喜びに……誇りに、感じてくれていた……？）

阿久津の金がもったいないとか、世話焼きを発揮したいとか――そんな損得なしに、今よりもっと阿久津のそばにいられる方法を考えて、あのとき向き合ってくれたのかも。

好きな人を支えたい、幸せな触れ合いをしたい、楽しい日もつらい日もどんなときもそばにいたいと思うのに、愛情以外の理由なんてない――それを、自分は痛いほど知っているじゃないか。

三池といちゃいちゃできないのがしんどくて、うまい言い訳が見つからなくて、ヘタな芝居を打って失敗したのは記憶に新しい。

あのときただ、「好きだからそばにいたい」と言えばよかったのだ。プライドもなにもかも脱ぎ捨てて。考えすぎ、と柳が言ったのは事実だった。

――俺たちはずっと、家主と家政夫のままですか？

一緒に暮らしたい考えを聞かせてくれたとき、三池がこの言葉に込めた意味や、滲ませていた焦りを、阿久津はようやく理解した。

自分の気持ちに気づいてくれない——好き合ってはいても、心に確実な温度差がある阿久津に対し、さぞもどかしさを感じたことだろう。

(すまなかった、三池くん……)

ここまでくるのに——きみと『好き』の温度が一緒になるのに、だいぶかかってしまった。恋人と一歩先に進むのにも、なかなかスムーズにいかない。あらためて自分が恋愛初段者であることを思い知る。

比べて恋愛エキスパートの三池は、今回のことで心の温度を下げてしまったかもしれない。だからこそ、結婚相談所に足を運んでいたのかも。

(……彼の将来を思うなら、男で手のかかる俺などより、よほどいい相手を見つけろと言ってやるのが、大人で理想的な対応だろう。……だが)

阿久津はきりりと前を見据えた。

(——それが『好手』だろうと、知ったことか)

その目に力強さが戻っている。それに気づいたのか、柳がはっとなり、背中から手を離した。

「柳くん」

「はい」

「負けが見えている勝負でも——俺は諦めないぞ」

柳が心から嬉しそうに笑う。

「それでこそ、阿久津春光先生――僕の師匠です」

同じようなやりとりを前にした気がする。あのときとはまるきり立場が逆だが。

それをふたりで思いだし、ふたりで笑った。

（そうだ――今日から新生・阿久津春光だ。どんな悪手を使ってでも勝ちにこだわる。醜かろうが情けなかろうが……ダメな自分も全部ぶつけて、三池くんを引き止める！）

阿久津はそう心に誓い、柳も巻き込んで、玄関でえいえいおー！　と気合いを入れるのだった。


週が明けた月曜日。

阿久津は出勤してきた三池を自室に呼んだ。対局のときのように、碁盤を挟んで向かい側に座るよう促す。

「どうしたんですか、いったい」

ひよこエプロンを纏う暇もなくこんなところに呼び立てられて、三池は怪訝そうにしている。

それでも言われたとおり、勧められた座布団の上に正座した。その目が阿久津の頭から足先までを観察するように動く。

「……家にいるのに、藍色の勝負服とはめずらしいですね。これから仕事でもあるんですか?」

阿久津は頷いた。

「ある。——人生をかけた大仕事が」

「そんな難しい相手との対局ですか」

「ああ。正直、負けるかもしれんとびびっている」

「……阿久津さんが?」

三池が信じられないとばかりに片眉を上げる。

そう、正真正銘阿久津はびびっていた。びびりまくっていた。失敗したらどうしようと、怖いし緊張もするし、心臓が今にも口から飛び出そうだ。

けれど……。

(正面からぶつかって、落としにいくと決めたんだ)

決意が表情に表れ、背筋も伸びる。いつもよりさらに凛々しい阿久津の姿に視線を吸い寄せられた三池が「どんな相手なんです?」と訊いてくる。

深呼吸をひとつ。阿久津は言った。

「——三池双葉くん。きみだ」

は? と思わず三池が訊き返す。何度だって言おう。何度だって請おう。

「きみの生涯の伴侶というタイトルをかけて、今ここに俺は、時間無制限の勝負を申し込む」

阿久津はまっすぐに三池を見据えながら、懐に手を入れた。小さな箱を摑みとり、それを勢いよく碁盤に置く。

有名な宝飾ブランドのロゴが印字された、ビロード生地の箱は——永遠の愛を誓う指輪をおさめるためのものだ。

「三池くん、俺と——人生の最終対局を迎えよう!!」

言った——!

緊張感も高揚感も、この一言にすべて込められていた。人生で一度しか言わない言葉。たったひとりに向けたプロポーズ。

三池は果たして受けてくれるだろうか? 次なるドキドキが阿久津を襲う。

呆然とした表情で三池が指輪の箱を見つめたまま、たっぷり三十秒は経過しただろうか。まだかまだかとしびれを切らしそうになっている阿久津に、ようやくアンサーが言い渡される。

「……道場破りの次は、心臓破りですか。俺の度肝を抜くのも大概にしてくださいよ。まじ寿命縮む」

「ひ、人が決死のプロポーズをしたというのに、寿命が縮むはないだろう!」

思っていた反応と全然違って、がんっとショックをうける阿久津に、「いやだからそれ」と三池が頭を抱える。

「なんでいきなりそんなこと言い出したんです？　ていうか、プロポーズに人生の最終対局って言葉のチョイスが、さすがというかなんというか……阿久津春光だわ……」

予想外だったのは三池も同じらしく、今は目の前で起きたことを頭で処理するのに必死らしかった。

困惑してはいるが、迷惑がってそうには見えなかったので、そこにはほっとして、阿久津が答える。

「きみが結婚してしまう前に、捕まえておかねばと思ったのだ」

「俺が結婚？　なんですか、それ」

「マリコにおまかせしたのだろう」

「いやほんとなにそれていうか誰」

しらを切るつもりなのだろうか。もう全部知っているのに。

「だから……」

阿久津は事の始まりから話して聞かせた。先日、偶然三池が結婚相談所へ入っていくのを見てしまったこと。それで、自分と別れるのを前提に伴侶探しをしているのだと知ってしまったこと――。

「……そういえば、そんな名前だったか、あの結婚相談所……」

阿久津が唐突すぎるプロポーズ大作戦に至った経緯を知った三池が、ぐったりと漏らす。阿久津は思わず片眉を跳ね上げた。

「なんだその、今気づいたみたいな反応は。知っていたくせに」

「そりゃ、あれだけ派手な看板やのぼり旗立ててるんだから、知ってはいましたけど、気に留めてなかったんだから仕方ないでしょ……。あのね阿久津さん。確かに俺はあのビルに行きました、けど結婚相談所には入ってません。──用があったのは、結婚相談所と同じフロアにある、カルチャースクールのほう」

「……カルチャースクール？」

阿久津がきょとんと繰り返す。

「そんなもの、あそこにあったか？」

「あるんですよ。あの結婚相談所と違って入り口に地味〜な看板しか出してないので、ビルの中に入らないと、そういう施設があるとはわからないんですけど。阿久津さん、実際に入ってみました？」

「……入ってない……」

「そういうときこそ道場破りしてほしかったんですけど。俺にあらぬ疑いを抱く前に」

「……すまない……」

空気の抜けるうきわみたいに、しゅんしゅんと小さくなっていく阿久津を見て、三池がくすっと笑う。

「まあ、あなたらしいっちゃらしい、猪突猛進(ちょとつもうしん)な勘違いぶりですけどね」

「うう……返す言葉もない……」

三池は結婚相談所には行っていなかった——それにはほっとしたが、今度は新たな疑問が生まれる。

「だ、だが、きみがカルチャースクールに通っているなんて話は聞いたことがないぞ？　いったいなんのスクールだ？」

今度は三池がうっと固まる番だった。どうやら、秘密にしていたかったらしい。

「……それを言うのは、ちょっとかなり、かっこわるいんですけど」

「いいから言え」

黙秘や誤魔化しなど到底許さない目で見つめられ、三池が観念したように答える。

「……囲碁講座です」

「三池くんが囲碁講座……!?　それはまた……どうして」

「……子どもっぽい理由ですよ。柳くんが羨ましくなったんです。好きなことを共有できる相手を見つけて、阿久津さんもずいぶん楽しそうにしてたでしょ」

「それはまあ……」

「俺も祖父の相手をしてたので、囲碁の知識がないわけじゃないですけど、阿久津さんの相手になるかというと問題外です。だから……ちゃんと勉強して、あなたの好きなものを深く知って。一緒に楽しんだり悩んだり、したかったんです」

「言ってくれれば俺が教えたのに」

「阿久津さんに教わったんじゃ意味ないんですよ。そもそも囲碁講座に――カルチャースクールに通おうと決めた理由が、阿久津さんから離れるためでしたから」

なかなかの問題発言に、「ど、どういうことだ」と前のめりに訊ねる。

「……柳くんのことで俺、めちゃくちゃ身勝手なやきもちやいて、あなたを怒らせたでしょ」

「あれは……俺が無神経だったと、反省している」

「阿久津さんも？　俺も」

三池の手が伸びてきて、汗ばむ額に張り付いた前髪をやわらかく指で梳いて直される。そうしながら優しい瞳で阿久津に語りかけてくる。

「でも俺、恋人としてあなたを独占したいのと同じくらい、棋士の阿久津春光を応援したい気持ちもあるんです。……だから、いちゃいちゃしなくても平気だって言われたときは正直むかついた……けど、はじめての弟子育成に張り切ってるあなたの邪魔にならないために、我慢しなきゃいけないんだって、自分に言い聞かせてたんです」

「そうなのか……？　まったく堪えていたようには見えなかったが」

「んなわけないでしょ。好きな人がそばにいて、あー可愛いな、抱きてーなって思うのは当たり前。それができないなんてキツイに決まってる」

指で軽く額を弾かれる。痛いと呻いたら、笑って「仕返し」と言われた。

「可愛い誘惑して、人の努力を水の泡にしようとしたときの、ね」

「……風呂のアレか？　だ、だが、結局なびかなかったではないか」

「馬鹿言わないでください、頭狂うかと思うほど抱きたくてたまんなかったですよ。ぶっちゃけ柳くんが帰ってこなかったら抱き潰してた」

言葉の激しさに真っ赤になる阿久津に、だからギリギリでした、と三池が肩を竦める。

「……もし柳くんに見られて、師匠としての尊厳を失ったら、あなたが悲しむと思って……必死で我慢したんです。だからカルチャースクールに通いだしたのは、そういう煩悩から目を逸らすためで……ムラムラする余力をなくしてしまいたかったんですよ」

今まで阿久津に注いでいた精力を、よそで使い切ってしまおう、そうすれば疲れて阿久津に不埒な真似をする気も起きない——ということか。

理解するとなんだか気恥ずかしくて、そしてまったく効果がなかったとばかり思っていた誘惑がちゃんと効いていたとわかり、ちょっと嬉しくもあった。

「……あー、全部言っちまった」

三池がふいと後ろを向く。

「あなたの前では余裕のある男でいたかったのに、これで台無しですよ。囲碁だって、内緒にしたまま強くなって、阿久津さんを驚かせたかったのに、結局ばれちゃうし。……かっこわるいからあんま見ないで」

顔を隠したって耳が真っ赤だ。照れているのがまるわかりで、それを誤魔化そうとしているところがまた可愛い。

見た目にそぐわないやきもちやきな一面も、囲碁の勉強を始めた理由に深い愛情が感じられるところも、なにもかもが愛しくて胸がぎゅーっと苦しくなる。幸せすぎて心臓発作を起こしそうだ。

「……っ三池くん！」

「わっ」

阿久津は身を乗り出すようにして碁盤の向かい側にいる三池に抱きついた。勢いが強すぎて、碁盤を巻き込みながら三池ごと畳の上に転がってしまう。ちょっと痛かったが、それでも幸せは減らなくて、抱きしめる人に笑いかけた。

「台無しなんかじゃない――俺は嬉しいぞ。きみは、世界一かっこいい！」

「……そ？」

「そうだ。それに、きみと触れ合えなくて平気じゃなかったのは俺もだ。なかなか素直になれなくて、可愛くないことばかり言って、これからもきみを困らせたり、迷惑をかけたりすると思う」

「うん」

三池が微笑む。寝そべったまま、腰に腕を回してくる。引き寄せられて、近かった距離がゼロになる。

「でも、きみのことが変わらず大好きだってことだけは、覚えておいてほしい。ずっと一緒にいたいのは――人生をともに歩みたいのは、きみだけだってことも」

「家主と家政夫として？」

意地悪な笑みも仕返しだろうか。

阿久津は今度こそ、しっかりと首を横に振った。

「まさか。――心から結ばれたふたりとして、だ！　んん……っ」

情熱的な口づけがいきなり降ってきて、阿久津は目を白黒させた。呼吸もまともにできないくらい、唇も舌もたっぷりと吸われ、ようやく満足したのか三池の熱が離れていく。

「……そういうことですよ、俺が阿久津さんと一緒に暮らしたいと思ったのも。嬉しいな。ようやく阿久津さんも、俺の気持ちに追いついてくれた。ていうか追い越された。同棲通り越して、結婚だもんな……指輪まで用意して……」

驚いてはいるが、嫌がってはいないのは――むしろ喜びを噛み締めているのは、しみじみとした三池の言い方から伝わってくる。

阿久津は碁盤と一緒に転がった指輪の箱に目を向けると、言った。

「ソレなんだが、中身は碁石なんだ」

「……」

「あ、なんだその顔は。さすがの俺も、結婚指輪の石に碁石は使うものじゃないとわかっているぞ。使っていいなら使いたいが。そうじゃなくて、きみの薬指のサイズがわからなかったから、ひとまず代用しただけで後でちゃんと……おい、聞いてるか」

阿久津が事情を説明するそばから、三池が我慢できなくなったように笑いだした。胡乱な目を向けても止まらない。

拗ねて唇を尖らせたら、それも淡い口づけに変えられてしまった。

「指輪はふたりで作りにいきましょう」

「ああ……。ん、三池くん……？」

ふいに三池が身を起こしたので、うっとりしていた阿久津もそれに倣った。阿久津は立ち上がったが、三池はなぜか、その前に片膝をついた。

ああ、三池はなにをしてもかっこいいが、跪いても様になる。まるで姫に求婚する王子様のようだと考えていたら、そっと左手をとられた。

「先を越されてしまいましたが、俺からも言わせてください。……強くてかっこいい棋士の阿久津さんも、可愛くてちょっとおかしい恋人の阿久津さんも、大好きです。一生大切にしますから……あなたの隣に俺をいさせてくれますか？」

三池からのプロポーズに、胸がぐっと熱くなる。

どんな阿久津でも受け入れ、愛してくれる人は、そして同じ温度で阿久津も愛を抱ける人は、きっとこれから先、三池以外現れないだろう。

喜びも痛みも、すべてを共有して生きていく。

恋人の一歩先――そのスタートラインに今ふたりで立ったのだ。

喜んで、と阿久津は涙ぐみながら答えた。三池の瞳も少し潤んでいるように見える。指輪のかわりに、左の薬指にキスが落とされる。

幸福を約束するぬくもりに、阿久津は生まれてきてよかった、三池と出会えてよかったと、心からただ――思った。


三池と心を通い合わせたあと、阿久津はもうひとつの決意を口にした。

「夏南の恋人に会ってみようと思う」

ずっと宙ぶらりんのまま解決していなかった問題だ。

いくら可愛い妹の頼みとはいえ、幸せになれる保障などない結婚など、到底許せる気がしなかった。……これまでは。

その考えが変わったのは、ひとえに三池との将来について、今回真剣に考えたことがきっかけだ。

「……俺は今まで、夏南の幸せに必要なのは、金や職業だと……相手の持ち物ばかりにこだわっていた。……だが、本人たちにとっての至上の喜びは、ただ愛する人と一緒にいること。支え合って生きていくこと。……それだけなんだよな」

三池の存在が阿久津にとって必要不可欠であるように、夏南もまた人生においてかけがえのない人を見つけたということなんだろう。

覚悟を決めて紹介してくれようとしたのに、あんなふうに拒絶したうえ、妹に依存しているだけの相手と決め込んでしまったことを、阿久津は深く後悔していた。

「……依存は一方的にするものでも、支えは互いになるものなんだと、思い知ったよ」

身を寄せ合っていた三池が優しく笑う。

「同意です」

「夏南の決意にちゃんと応えるために、恋人に会うのはもちろんなんだが、その……」

「同意です」

「まだ言ってないぞ」

「わかりますよ。阿久津さんの——大好きな人の考えてることなら。変人なので、たまに外しますけど」

「その変人をお気に召したきみも同類だ」

「ええ？」

ふたりでくすくすと微笑みを重ね合う。こうしているだけで胸にある気持ちは一緒なんだと確信できる。

夏南に話そう。大切な人だから、知ってほしい。

——おまえのほかに、もうひとり、お兄ちゃんには愛しい宝物ができたってこと。

『彼氏を連れてきなさい』

夏南にメッセージを送ると、今晩行くと、すぐさま返信がきた。兄妹喧嘩をした日からずっと無視され続けていたが、阿久津の心が動いたとわかりほっとしたのか、夏南の行動は早かった。

そして、緊張のひとときを迎えた——のだが。

「………これはどういうことだ?」

阿久津家の居間には、阿久津兄妹と三池、それから柳の四人が集まっていた。

いわゆる身内だけだ。知らない顔——夏南の彼氏とやらがどこにも見当たらない。

まさか敵前逃亡(てきぜんとうぼう)か? そう思い阿久津がきょろきょろ、長机の下や窓の外を探す行動をとっていると、夏南があっさり言った。

「そんなに探さなくたって、目の前にいるじゃない」

阿久津は眼鏡の奥の瞳をじっと細めた。長机の向かい側、目の前にいるのは夏南と柳だけだ。

阿久津の隣に座っている三池も、同じく不思議なのか首を傾げている。

「目の前って……はっ。まさかもうこの世の者ではないのか。だから見えないと――」

「失礼ね、ぴんぴんしてるわよ！　ほら！」

夏南が柳の背中をばーんと叩いた。よほど力が強かったのか、柳がむせる。

「い、痛いよ、なっちゃん……」

……なっちゃん⁉　なっちゃんって言ったか今⁉

「あ、ごめん慎ちゃん」

慎ちゃんって……はあああ⁉

「え、まじで。そういうこと？」

そのやりとりでぴんときたのか、三池が驚いたように呟く。

阿久津はもう、目から鱗どころか、クジラの一頭でも飛び出そうだった。

「そう。慎ちゃん――柳 慎之介くんが、私の彼氏、です」

夏南が可愛らしく頬を染め、えへへと笑う。

阿久津は言葉を失っていた。柳くんが……夏南の彼氏？　弟子としてしばらく一緒に暮らしていた彼が？

（……なぜ……どうして言ってくれなかったのだ……）

そもそも夏南の彼氏は俳優を目指していたはず。じゃあ囲碁のプロを目指しているというのは――。

次から次へと押し寄せる疑問に押し潰されそうになっている阿久津の前で、固い顔をした柳が座ったまま一歩後ろへ下がり、「すみません！」と頭を下げる。かなり勢いよく土下座の姿勢に移ったので、畳に頭を打ち付けたのだろう、ごんっという音が聞こえた。

「僕、ずっとなっちゃ……夏南さんのお兄さんに、ご挨拶したかったんです。けど、なかなかいい返事がもらえないと、夏南さんから聞いて……。それなら自分から会いにいこうと思ったのが事の始まりでした。夏南さんからは行っても無駄だ、生きて帰れる保証がないと止められましたが――」

「鬼退治か」と思わずといったように呟いた三池の膝をぺしりと叩く。

「それでも、返り討ち覚悟で会いにいきました。有名なプロ棋士であることは夏南さんから聞いていたので、棋院の前で待っていればお会いできるだろうと……話を合わせられるよう、少しでも僕にいい印象を持ってもらえるよう、阿久津先生や囲碁のことを僕なりに、きちんと勉強して向かいました」

はじめて会った日のことを思い出す。あのとき彼はとても緊張している様子だった。憧れの棋士に弟子にしてくれと頼みにいくのだ、そうなって当然と思っていたが……真相はまるで違っていた。

彼が持っていた本や雑誌は、阿久津コレクションではなく、頭の固い兄を——阿久津を攻略するための、予習資料だったというわけか。

柳の告白により、自分のとんでもない思い違いが露呈していき、どんどん身の置き場がなくなってくる。

「それで、その……僕の態度がはっきりしなかったせいで、阿久津先生に、弟子志願に来たと勘違いされてしまって……」

「もういっそ殺してくれ……末代(まつだい)までの恥……」

「そ、そんなふうにおっしゃらないでください！　僕が悪いんですから！　……勘違いされたあの場ですぐに訂正すればいい話だったのに、できなかった。それだけじゃありません。阿久津先生とお話しするうち、欲が湧いてしまったんです。……このまま弟子として振る舞えば、あれだけ拒絶されていた夏南さんのお兄さんと、もっと一緒にいられる。囲碁を通してお兄さんを知り、親交を深めることができる。そんな下心があって、阿久津先生の勘違いに乗っかったも同然の、僕は……罪人なんです！」

本当に、本当に、申し訳ありません！　と心から詫びを入れる柳を見下ろしつつ、夏南が肩を竦める。

「罪人は言い過ぎだと思うけど……そのくらい、お兄ちゃんに迷惑かけたと本気で思ってるから、許してあげて。この人本当にお兄ちゃんとお近づきになりたくて必死だったの。――でもね、お兄ちゃんも悪いのよ？　そもそもの発端は誰かって考えてみて？　囲碁に関わったとたん、いつもイノシシみたいに突っ走るんだから」

「やべツボ入った……ぶっ」

みながみな好き勝手に言っている。いつもなら「失礼な！」とぷんすか怒るところだが、もうそんな気力もない。

夏南に鋭く突っ込まれ、三池に笑われ、もう煮るなり焼くなり好きにしてくれという気分だ。

柳が下げていた頭をおずおずと上げ、再び口を開く。

「……僕の身勝手な欲から、阿久津先生のそばにいさせてもらうことになったものの、こんな迷惑で非常識な行動を続けていいわけがありません。本当のことを話さなくてはと、何度も思いました。けれど阿久津先生は、ずっと嬉しそうに、楽しそうに、僕に囲碁を教えてくださって……その笑顔を曇らせることが、どうしてもできなくて……って、すみません、これも言い訳ですね」

「……そうだったか」

すべては阿久津の早とちりと、柳の欲――阿久津と仲良くなりたいという、欲と呼ぶには純なものだが。それらが招いたことなのだとようやく理解できた。

（どうりでプロを目指しているわりには棋力も乏しいわけだ……）

付け焼き刃の囲碁の知識しか持たない者なのだから当然だ。そもそも、阿久津に憧れているかどうかも怪しいと言っていた、第一印象からの三池の読みは当たっていたのだ。

ちらっと横を見ると、三池と目が合う。ほらね、と口の動きだけで囁いて、意地悪な笑みを向けてくる。

くそう、悔しい……。でもかっこいい。阿久津は照れを隠すように、ふん、とそっぽを向いた。

夏南に促され、柳が土下座から普通の正座に座り直す。そんなふたりを見ながら阿久津は言った。

「……俺に近づきたかったとはいえ、だ。囲碁に興味がないのなら、勘違いで弟子にされて、同居や特訓まで押し付けられて……さぞ困ったのではないか。苦痛だったろう」

「いいえ。むしろ逆です。……ずっと会って話したかった……大好きな夏南さんを親代わりとなって育ててきたお兄さんと過ごせる時間が、僕は、本当に嬉しかった……。ああ、やっぱり僕は身勝手です。阿久津先生の笑顔を曇らせたくなかったなんて言いながら、僕自身がこの幸せを噛み締めてしまっていたんですから。……こんな事情を話した夏南さんにはさんざん呆れられましたし、結果、阿久津先生にもショックを与えてしまって……。本当に申し訳ないと思っています」

ごめんなさい！　とまた風を切るように頭を下げる。今度は額を待ち受けていたのは畳ではなく長机だったので、さっきよりもさらにえぐい音がした。

「ちょっと慎ちゃん。俳優になろうって人の顔なのよ、大事にしなさい」

「う、うん、そうだねなっちゃん。……いてて」

世話の焼ける恋人に小言を向けつつ、それでも嬉しそうに寄り添う夏南と、そんな彼女といる喜びに溢れているような柳の優しい笑顔――。

「……どこかの誰かを見ているような気分です」と、隣で三池が囁く。阿久津も答えた。「奇遇だな、俺もだ」――と。

「柳くん」

姿勢を正した阿久津を見て、柳も慌てて倣う。緊張が伝わってくる真剣な眼差しが、それでも今はひどく頼もしく見える。

「こちらこそすまなかった。きみは嘘をついていたかもしれない、けれどそれは、誰かを傷つけようとかそういう意図から出た嘘じゃないだろう？　現に俺は驚きはしたが傷ついてはいない。謝罪の気持ちも充分に伝わった。……それに、俺の暴走が原因で巻き込んでしまったことに変わりはないしな」

こほんと咳払いをひとつ。

「……だが、色々あったおかげで、先入観なしにきみの人となりを知ることができた。きみのような――困難に怯まず立ち向かっていく度胸のある男になら、安心して夏南を任せられる」

「阿久津先生……」

「お兄ちゃん……」

「夏南を――よろしく頼みます」

膝の上に拳を置き、深々と頭を下げる。

可愛い子がこの手から巣立っていくのは淋しいが、柳ならばきっと夏南の笑顔を守ってくれるだろう。ふたりで幸せを築く努力を怠らないだろう。

そう思えるから、心はとても穏やかだった。

「っ、はい！」

力強い返事が返ってくる。阿久津は微笑み、今度は夏南に向き直った。

「夏南も。……幸せになるんだぞ。絶対、絶対な」

お兄ちゃん、と呟く夏南の目が潤んでいる。俺の天使は泣いていてもきれいだ。そう思って見惚れていると、泣き顔よりもっと美しい笑顔の花がぱっと咲いた。

「ありがとう、お兄ちゃん。……大好き！」

「な………っ、夏南ー!!」

堪えていた涙のダムが決壊し、洪水のごとく溢れてくる。

抱き合ってわんわんと泣き合う兄妹を、三池と柳が優しく見守っている。笑顔も涙も人生には欠かせない幸せのエッセンスで、それを分かち合える存在が隣にいる恋人であり、そして家族なのだと、強く強く感じる。

夏南がいて、囲碁がある。自分はそれだけで充分と思っていた阿久津にも、気づいてみれば、今はこんなに大事にしたいものが増えた。

それがこんなにも幸福だなんて。思わず感謝せずにはいられない。

——三池くんと出会わせてくれてありがとうと、夏南と柳くんを出会わせてくれてありがとうと。

この世には囲碁以外の神様も存在するんだな……と知った阿久津の涙は、なかなか止まらなかった。


夏南と柳が阿久津宅を辞したあと、阿久津は縁側に腰掛け、ぼうっと月を見上げていた。

泣き腫らした目に夜風があたるのが気持ちよく、眼鏡も外してしまっている。

「まだここにいるんですか？」

振り向くと三池が後ろに立っていた。ああ、と答える。

「なんだか胸がいっぱいでな……」

「色々ありましたしね」

三池が隣にきてしゃがみ、嬉しそうな顔で覗き込んでくる。

「よかったですね。——俺たちのこと、夏南さんが認めてくれて」

三池の言葉に、阿久津は微笑みを返す。

——あのあと、夏南と柳に自分たちの関係について話した。

夏南は、男同士という点よりむしろ、三池が手紙のあの子と同一人物であると知りかなり驚いていたが、一方で納得もしていた。

『そっか。三池さんが来てから、お兄ちゃんが変わったのって、そういうことだったんだね。……てことは、慎ちゃんと三池さん……一気に家族がふたりも増えるんだ。嬉しいねお兄ちゃん。最高だね！』

そう言ってくれたときの、心から喜んでいるとわかる笑顔を思い出すと——いかん、また涙が溢れそうになる。

両親が早逝(そうせい)し、たったふたりの家族として生きてきた。けれどもこれからは違う。阿久津には三池が、夏南には柳がいる。暮らす場所は違っても、みんな家族だ。一気に四人家族だ。そう思うと、涙よりも今度は笑顔がこぼれてくる。

「……終わりよければすべてよし、とはこのことだな。それにしても、柳くんが俺たちの関係に気づいていたのには……驚いた」

柳も夏南と同じように、阿久津と三池の仲を歓迎してくれたが、とくにびっくりしているような様子はなかった。

――というのも、打ち明けられる前から気づいていたらしい。本人いわく『おふたりを見てて、なんとなくそうかなって……』である。

「ぽやんとしているようで、実は鋭いんだよな……」

「人は見かけによらないですね」

「きみが言うか、きみが」

「ええ？　まあ褒め言葉として受け取っておきます」

くすくす笑って、三池が「それより……」と話を変える。

「阿久津さん、夏南さんのことで忘れてませんよね？　俺にプロポーズしてくれたこと。俺からのプロポーズを受けてくれたこと」

阿久津の心臓がどきりと跳ねる。

「わ……忘れるものか」

そう、と囁いた三池の手が伸びてくる。色気を帯びた瞳に見つめられて、唇を親指で撫でられたら、とたん甘い感覚が身体の奥からこみ上げてきた。

「俺たちの結婚の形を、法的なものにするかどうかは、あとでじっくり相談するとして。……

ひとまず俺たちは、気持ちのうえでは夫婦になったってことでいいんですよね？」

「そ、そうだな」

前々から三池を嫁と言い張っていた阿久津だが、あらためてそう言われると、これで名実ともに夫婦になったのだと実感する。

ふうふ……なんとときめく響きだろう。俺が黒で三池くんが白？　それとも逆？　いずれにせよ、ふたりでひとつ的な！

「まぁた囲碁のこと考えてるでしょ」

「うぐ」

唇をふにふに押される。なんでわかったのだ、なんて訊くまでもない。三池は阿久津のことならなんでもお見通しだ。

優秀な家政夫で、大好きな恋人で——人生をともに歩く伴侶だから。

「今夜くらい、俺のことだけ考えてくださいよ。……初夜、なんだから」

耳元に唇を寄せられて吹き込まれた囁きに、かーっと顔が熱くなる。

「しょ、しょ……初夜」

「そうですよ、奥さん」

「嫁はきみだろう」

「夜のお嫁さんは阿久津さんです。……なに。それとも俺に可愛がられたくない？」

「んっ」

今度は耳たぶをぱくりとくわえられた。優しく、けれども意地悪するように引っ張られて、淫らな感覚がじわりじわりと身体に染みていく。

「……い」

「聞こえない」

嘘をつけ。阿久津は三池を睨みつけた。けど弱々しくて全然効果がないのか、三池はどこ吹く風だ。

悔しい。でも好き。

「……可愛がられたい。……かわいが……って」

羞恥を堪えながら呟いたとたん、三池の逞しい腕に抱き上げられる。そのまま連れて行かれたのは奥の自室で、そこにはすでに布団が敷いてあった。間接照明が雰囲気たっぷりの空間を作り、ふたりを待ちかまえている。

「準備の早い……はじめからそのつもりだったな」

「当然。どれだけおあずけくらってると思ってるんです?」

布団にそっと下ろされて、手際よく身に纏っていたものを脱がされていく。いちゃいちゃをはじめに突っぱねたのは阿久津なので、そこを突っ込まれると痛かった。すまん、すまんて……と言いながら、せめてもの詫びに三池の服も脱がしてやる。

「我慢してたのは俺だって同じだぞ」

「そ？」

「そうだ……」

互いに生まれたままの姿になり、キスをかわす。小鳥が餌をついばむような軽い触れ合いに始まって、三池が押し込んできた舌を迎え入れる。

呼吸が苦しくなるくらい口の中をたっぷり愛撫されるのが好きだ。拙く応えながら三池の下半身に手を伸ばすと、三池もすぐさまその意図を察して阿久津と同じ行動をとった。

相手のペニスを緩く手のひらと指を使って擦り立てていく。触れ合わせた唇や舌はそのままに。上でも下でも相手の熱に触れて、興奮や性感がどんどん高まっていく。

「我慢してたぶん、気持ちいいですね……」

「ん……」

「ときに阿久津さん、これはいったいどうしたんです」

「ん……？　んんっ⁉」

三池が空いていた手を布団の下に差し込んで引っ張り出したものを見て、阿久津はぎょっとした。もうキスどころではなく、三池の肩を押してそれを凝視する。

「な、なぜそれがここに……っ」

「布団を押し入れから出そうとしたら、奥のほうになにか布切れみたいなものが押し込んであったので、なんだろうと思って引き出してみたんです。そうしたら見覚えのあるものが」

　三池がにっこり笑う。

「これ、俺のエプロンですよね？」

「う」

「なんでこんな有り様なんですか？」

「ううう」

　バレた……と阿久津は脱力した。

　三池の手にあるのは、彼の一部、彼の仕事着、そう——ひよこエプロンだ。

　しかしきれいなブルーの布地は見るも無残な状態で、白いまだら模様になってしまっている。かわいそうに、刺繍のひよこまでハゲてしまっていた。

　その惨劇をなかったことにしようと押し入れというブラックホールにぐちゃぐちゃにして押し込んだせいで、しわくちゃというおまけまでつき、これ以上ない酷いしろものに成り果てている。

「一枚なくしたんで、どこやったかなと思ってたんですよ。阿久津さんちに忘れていったんですね。予備があるので、べつに大丈夫なんですけど」

「……すまん。洗濯しようとしたんだが、間違えて洗剤じゃなく漂白剤を入れてしまって……」

「阿久津さん、普段洗濯なんて自分でしないでしょ。なんでこれをしようと思ったんです」

「……使ったから」

「なにで。料理？」

「…………オナニー」

間が空いた。三池の顔を見られない。

「……俺をオカズにしたんだ？」

「……面目ない……」

オカズにされたほうからしたら、さぞ気持ち悪いことだろう。いたたまれないが、きちんと目を見て謝らねば……と思い、おずおずと顔を上げた。

しかし意外にも目にしたのは三池の照れ顔だった。頰を赤くし、嬉しさのあまりむずむずする口元を手で押さえ、「俺の嫁さん、可愛すぎる……」と漏らしている。阿久津はちょっと拍子抜けした。

「お、怒ってない、のか」

「怒るわけないでしょ……それだけ俺を求めてくれたってことなんだし。それに囲碁じゃなくて俺で抜いてくれたなんて大進歩」

「……エプロンは弁償するな」

「いいよ、そんなの。——でも、結局ずっと我慢してたのは俺だけっていうのは、ちょっと納得いかないいかな」

怒ってはいないが、少々拗ねてはいるらしい。……エプロン相手に。

なにかを求めるような目でじっと見下ろされ、阿久津はまごつきながらも訊ねた。

「ど……どうすればいい……?」


三池が口にした『しっくすないん』という技を、阿久津は今までも見たことも聞いたこともなかった。

三池の指示どおり、布団に仰向けで横になった彼の上に、逆を向いて跨がる。阿久津の目の前には三池の立派なペニスがある。三池が見ているのは位置的に阿久津の尻の孔だろうか。ペニスも三池の胸に押し付けるような形になっているし……。

(こ、これは恥ずかしい)

だが、ふたり一緒に愛撫を施し合える体勢という点ではすごい。こんな技を知っているうえ、ナチュラルにやろうと言い出せるなんて、さすがテクニシャン三池だ。

「俺が夜の嫁なら、三池くんは夜の師匠……」

「しみじみ変なこと言ってないで、集中してくださいよ」

尻をぺちぺち叩いて催促される。変とはなんだと思いながらも、三池のペニスに手を添えて、唇を寄せた。

「……っ」

三池は顔も身体も男らしいが、こんなところまでワイルドだ。手のひらで揉み込む精嚢はたっぷりとしていて重みがあるし、幹は太く長く、片手ではお相手しきれない。

真剣そのものの表情で上下に手を動かした。握ったモノがひどく熱い。血管がどくどく脈打つ様が生々しく感じられる。

こんなにも大きくて、いっそグロテスクなのに、阿久津の稚拙な愛撫で反応してくれているのは――なんだろう、可愛い。もっとしてあげたい、感じさせてあげたいという気持ちが枯れない泉のごとく湧いてくる。

「舐められる……？」

三池の囁きに頷きで返す。

手の動きはそのままに、張り出た傘の部分にちろりと舌を這わせた。そのまま周囲をなぞるように舐めて、先端をできるだけ深く咥えこむ。

「っあー……いい」

三池の快感にひたった声が嬉しくて、阿久津は夢中になって三池のモノをしゃぶった。

咥えたまま、鈴口を舌先で抉ると大量の先走りが溢れてくる。それごと啜りあげると三池が呻いて腰を震わせた。気持ちがいいのは訊かなくたって、口の中でさっきよりもぱんぱんに膨らんでいる彼の分身の有り様でわかる。

顎のだるさも息の苦しさも、三池が悦んでくれているならどうだってよかった。

「最高……奥さん」

余裕のない声で三池が囁いて、阿久津の尻たぶを両手で広げる。次の瞬間、濡れた感触を蕾が受け止めて、阿久津は思わず甲高い声をあげた。

「ば、ばかもの、そんなとこ舐めるんじゃない……っ」

「ええ？　舐めるでしょ、目の前にこんな美味しそうなものがあるんだから」

喋（しゃべ）るたびに吐息が蕾にかかる。それにさえ感じてしまうのに、あろうことか三池は蕾にしゃぶりついてきた。

舐められ、吸い上げられ、下半身からくる強烈な感覚にもうフェラどころではなくなる。邪魔しないでほしいのに。

「手と口、止まってますよ、奥さん」

「わ、わかっている……っ」

負けるものかと変な意地をはり、目の前に放り出していたペニスに再度唇を寄せた。けれども愛撫しようとするそばから妨害をうける。蕾を味わっていた三池は、もうそれだけじゃ満足できなくなったのか、中に舌を差し込んできた。

「ああ……っん」

入り口にちょっとだけ舌先を埋め込んで、ぐるりと回されるだけで、完全に目がとろんとし

てまう。媚肉を舐められるのが気持ちいいというだけじゃない。身体の中に三池がいる。三池の一部に愛されている。その事実がたまらなく嬉しくて、舌をきゅんきゅんと締めつけてしまう。

「……っすげ、挿れたらめちゃくちゃきもちよさそ」

ならそう早くそうしてくれといいたいが言葉にならない。三池は差し入れた舌でぬくぬくと中を往復しながら、蕾の縁を指でなぞってくる。

足先から快感が這い上がってきて、いつの間にか勃起したペニスからは透明なしずくがとめどなく溢れては三池の胸元を濡らしていた。申し訳ないやら恥ずかしいやらで、でもその羞恥すら愉悦に繋がっていく。

(あ、もうダメ。ダメだ)

阿久津は尻をびくびくさせながら限界を悟った。こちらも完全に臨戦状態の三池のペニスに頬をすり寄せ、意地もへったくれもない甘ったるい声をあげてしまう。

「も、これ欲し……っ」

「どこに?」

「なかぁ……っ」

阿久津は三池のペニスに夢中で口づけた。

いったいどれだけこれを待ちわびていただろう。触れ合えなくても平気なんて、もう絶対、一生言わない。

「……いちばん奥まで、きてくれ。三池くん以外、なにもかも、わからなくして……っ」

切羽詰まった言葉を吐き出したとたん、唐突に腕を掴まれ、身体をひっくり返されるようにして位置を変えられる。

布団に仰向けになった阿久津に覆い被さるのは、今度は三池の番だ。そのかわり正面から。

「ふ……っ」

これならようやくキスもできるなと思っていたら、願いどおり――というかそれ以上の荒々しさで唇を塞がれた。彼の熱情に溺れないよう、首に腕を回す。

胸を、腰を、身体中をまさぐっていた手が腿を持ち上げた。脚を大きく開かされて、ヒクつく蕾に先走りを塗りつけるように先端を擦り付けられて。欲する気持ちが身体中を巡って、頭がおかしくなりそうだ。

「ん、ぁ、あぁ」

入ってくる。凶器と言えるくらい逞しい三池のペニスが押し込まれてくる。その幸せな圧迫感に、思わずキスから逃げて喘いだ。

「……しまった。ゴム……」

半分ほど入ったところで三池が動きを止めて呟いた。興奮するあまり、ゴムを装着するのを忘れたようだ。

いったん引き抜こうとするのを脚でホールドして止める。

「いくな。そのまま……」

「でも」

「初夜と言ったのはきみだ。夫婦になったんだから、きみの全部をくれたって、いいだろう……？　わ、忘れられない夜にしたい、のだ」

三池が押し黙る。引かれているとしても、すでに体内にいる熱を離したくなかった。

ドキドキして三池の顔を見つめていると、困ったような笑みを浮かべられる。それがまたかっこよくて、心臓がもうやめてとばかりに暴れまわっていた。

「……それを言われてやめられる男なんて、この世にいる？」

言いながら、止めていた動きを再開する。熱くて太いモノが狭い肉筒を割り開き、自分の形に変えようとする。待ち望んでいた瞬間に、阿久津は歓喜の声をあげた。

「あっ、や――……っ」

「やじゃないでしょ……こんなに締めつけて……」

しばらくセックスしていなかったこともあり、阿久津の中はどうやら少し狭くなっているようだった。気持ちよくないか、と心配して問うと、その逆と答えが返ってくる。

腰を動かしながら「もってかれそ……」と呟く三池が色っぽくて、目も耳もナカも、阿久津は身体ぜんぶで三池を感じていた。

「乳首も尖ってますね……」

目を合わせながら乳首に舌を這わせてくる。ころころと転がされて、口に含まれ思い切り吸い上げられる。甘酸っぱい快感に目を潤ませるのを見て、三池がもう片方の乳首を指で弾いた。

「……っは！　ん……っ」

たまらない声が口から飛び出る。弾かれて赤くなった乳首を今度は優しく撫でて揉んでくる。緩急のある刺激に、こみ上げる愉悦も、三池への締めつけも、強くなるばかりだ。

「胸、いじりながら、なか……っいっぱい突かれるの、好き……っ」

「知ってる」

「三池くん、好き……っ」

「知ってる。あと」

こつんと額をぶつけてくる。至近距離で覗き込む瞳が言っている。あなたが愛おしくてたまらないと。

「俺は大好き」

「……またずるい手を使う」

唇を尖らせた阿久津に、三池が笑った。阿久津もつられて笑う。

それからまたキスをして、互いにすがりつくように抱きしめあって、幸せな快感を紡いでいく。

なる。

大きく張り出た傘の部分が前立腺を擦ると、あまりの刺激の強さに、大袈裟なくらい腰を揺らしてしまう。するとそこを集中的に攻め立ててくるものだから、快楽以外なにもわからなくなる。

「……っああ!」

「阿久津さんのなか、あつ……」

熱いのは三池のほうだ。隔てるものがないせいか、大きさも温度もいつもよりリアルで、いつもより興奮している――気がする。

亀頭（きとう）の括（くび）れで前立腺をいじめながら、硬い先端で奥を抉ってくる。三池のペニスが出たり入ったりするたびに、阿久津の肉襞も巻き込まれて、目も絡むような愉悦を感じてしまう。

「……っ、双葉、くん」

自然とその名を口にしていた。三池がはっと、驚いたように阿久津を見る。

「あいし、てる……双葉くん……」

「っ、ずるいのはどっちですか……」

泣きそうになった顔を阿久津は見逃さなかった。けれども肩口に顔をうずめられ、激しい揺さぶりをうけて、確かめるどころではなくなる。

「んっ、あ、あっん、なん……っだ、感動してる……のか?　かわい……っ」

「……黙って」

全然可愛くないペニスがそれ以上の追及を許してくれない。ひときわ腰を強く打ちつけられて、同時にペニスを手で扱かれた。

「や、もう……っ」

こんな黙らせ方は卑怯だと思って睨むけれど、気持ちいいくせに、とでも言いたげな瞳に見つめ返されて、言い訳できない。

「春光さん、イっていい……？」

三池も下の名前で呼んでくれたことで、喜悦は限界まで膨れ上がる。たくさん擦られ、先走りを塗りつけられた媚肉が熱い。こんなに奥まで犯されて、夫婦の愛の結晶、子どもができてもおかしくないかも——なんて思ってしまう。

頭が狂いそうなくらい気持ちよくて、心が破裂しそうなくらい、幸せだ。

涙を流しながら頷く。

「双葉くんの、ぜんぶ、注いで」

囁いた次の瞬間、三池が唇を嚙んだのが見えた。最奥まで押し込まれたペニスが暴れながら膨らんで、どうっと熱いものを流し込む。

「は、ん……っ」

お腹いっぱいに広がっていく三池のぬくもり。心地よさに目の前が真っ白になって、身体ががくがくと揺れた。

自分もイったのだということは、絶頂が落ち着き、白濁を撒き散らして満足したように寝そべっている己のペニスを見てからわかった。

「……後片付けが大変だな」

思わず阿久津が呟くと、三池がまだら模様のひよこエプロンを拾い上げて言った。

「まずは洗濯から教えてあげますよ、旦那さん」

「……お手やわらかに」

嫁――というよりオカンに戻った三池の発言に、阿久津は苦笑を漏らす。

でもようやっと、かけがえのない日常が戻ってきたことを感じていた。

＊＊＊

それから一ヵ月後。

阿久津と三池の姿は街の不動産屋の前にあった。これからふたりで暮らす家を探すため、今日はここへやってきたのだ。

「本当にいいんですか？　あの家を離れることになって」

三池の言葉に頷く。心は決まっていた。

「ああ。あの家は夏南と柳くんに譲る。ふたりも了承してくれたしな。家賃もかからないし、充分に広いから、これから家族が増えても大丈夫だろう？」

　ふたりの収入や先のビジョンを見据えての決断だった。親から引き継ぎ、守ってきた家を離れるのも、新しい家を探すのも、どちらも生まれてはじめてのことでドキドキしているけれど、それは不安ではなく未来への期待だ。

「それにな、実は憧れていたのだ。マンションとやらに住んでみるのを」

「まあ、俺の今の部屋にふたりで住むのは手狭ですしね。いい新居、探しましょう」

「うむ」

「引っ越し、結構大変なんで覚悟しといてくださいよ。物件探しに業者決め、荷づくりに各社契約、あと――」

「あと囲碁のための部屋はこだわるからな！」

「聞いてます？　ったく……じゃあ俺も、寝室にはこだわりますからね」

　なぜだと訊くと、耳元でけしからん理由を囁かれる。阿久津は真っ赤になって眼鏡をせわしなく弄った。

「……三池くんのえろ魔神め」

「神の一手の持ち主ですから？　ていうか阿久津さん、名字呼びに戻ってる」

「あっ。……って、きみもじゃないか」

「あー……ほんとだ」

ふたりで顔を合わせて笑いあう。肩を竦め、阿久津は言った。

「まあいいんじゃないか。ゆっくり慣れていけば」

「そうですね。ゆっくり」

三池がやわらかく微笑み、そっと手を繋いでくる。

ふたりで刻む第一歩だ。先に続く人生という道は長く、未知だからこそ、希望と輝きに満ちている。

楽しいこと、つらいこと、なんてことない一日だって、笑顔も涙も分かち合って生きていく。

繋いだ手を離さないかぎり大丈夫なんて、愛ほど根拠のある自信はないだろう?

「俺たちのスピードで」

ゆっくり、楽しみながら、進んでいこう。

あとがき

AFTERWORD…………………

—椿姫せいら—

奇跡です。三冊目の文庫を出していただくことができました。二冊目刊行からほぼ三年……、その間、比較的コンスタントに雑誌に新しいお話を載せていただいておりましたが、文庫化はもうないのかなと、ひっそりぼんやり思っていたところなのです。なのでお話をうかがったときは、びっくりするやら嬉しいやら、プレゼントをいただいたような気分でした。でも浮かれっぱなしじゃいけない、文庫化に繋がる応援をくださった読者の皆様に楽しんでもらえる一冊にするんだ！　ダメダメな私を根気強く支えてくださっている担当さんにも恩返ししたい！と相当気合を入れて作り上げた一冊です。空回りになっていないといいのですが。

本篇を書いていたときの思い出を振り返ってみようと思ったのですが……あのときは、というかわりと今もなのですが、「これがいただける最後の仕事になるかもしれない」という、勝手にびびって覚悟を決めている部分があって。どれだけ自分に自信がないんだという話ですが、へへ。だからこそ、悔いのないよう好きなものを書こうという結論に辿り着き、生まれたのが阿久津というキャラでした。ここまで突き抜けた変人レベルの囲碁バカを受にするのはある意味チャレンジでしたが、結果、書いていてとっても楽しかったです。オカン三池も然り。ふたりのやりとりを書くのは私にとって癒しで、エンドマークを付けるときはしんみりしたなぁと。

だから書き下ろしでふたたびふたりの物語を書きはじめられたときは、わくわくしっぱなしでした。阿久津と三池だけじゃなく、夏南も柳も気に入っています。ひと恋ファミリーとして、みんな愛おしい存在となってくれました。

楽しいといえば、囲碁に絡めたエッチを考えるのも、かなり燃えました。皆様どれがお気に入りですか？　私は台所でいたしたやつが変態度高くて個人的に好きです。

それからこのお話は、雑誌掲載時では栖山トリ子先生に、文庫化にあたってはコウキ。先生に、それぞれイラストを担当していただきました。ひとつぶで二度美味しいとはよく耳にしますが、こんな贅沢な思いをさせていただくとは……！　可愛くてかっこよくて色っぽくて、素敵にえっちで。イラストのパワーは本当にすごいです。キャラの魅力が伝わりやすいのは言わずもがな、ＢＬ最高～！　という基本的萌えをたくさんいただける。拝まずにはいられません。

刊行にあたり、ご尽力いただいたすべての方に、心からお礼申し上げます。

そしてなにより、読んでくださいましたあなたへ。

本当にありがとうございます。少しでも楽しんでいただけたなら幸いです。

またお会いできることを願って。

椿姫せいら

三池双葉という男

双葉という名前は、祖父である三池浩之がつけた。

小学校低学年のときに「自分の名前の由来を調べてこよう」という宿題が出て、祖父に訊ねにいくと、穏やかな笑顔でこう答えられた。

「碁盤の上に、白と黒の碁石が並んでいるさまが、二枚の葉っぱみたいだ——って、おじいちゃんずうっと思っててなぁ。おまえもそのうち学校で習うだろうが、最初に生える葉っぱの枚数が二枚の植物のことを、双子葉類というんだ。それはな、大きな根っこがあって、そこから側根が枝分かれしている。見た目はたった二枚の葉っぱでも土の下では頑丈な根を下ろし、支える力となってるんだ——立派だろ。植物だけど、人間にも共通する部分があると思わないか？　自分が主根なら周りは側根。自分の土台、人生にしっかり根を張れば、自身も、周囲をも支えられる……。双葉にも、そうなってほしくてな」

……と言われたところで幼かった三池はぴんとこず、そのときはぽかんとしただけだった。

祖父が生粋の囲碁好きなのは知っていたが、まさか自分の名前の由来にも結びついていたなんて。……正直聞いてもわけがわからなかったが。だって二色の碁石が並んでいるのを見ても、葉っぱには見えなかったし。どっちかっていうと花っぽくね？　と突っ込まなかったのは、子どもながらに気を遣っていたのか。その時点でわかったことといえば、とにもかくにも囲碁に絡めた名前をつけられたんだという、ふんわりした事実だった。

男にしては可愛らしい名前を背負い、三池双葉は葉っぱどころか原生林並にでかく雄々しく成長していく。勉強もスポーツも、なんでもそつなくこなせたし、外見も悪くないほうだったから、正直もてた。

愛されるのと評価されるのは似ている。それが嬉しくて、求められれば応えたくなったし、そのおかげ——と表現していいかわからないが、自分が男も女も愛せることを高校生というわりと早い段階で知った。バイである自分をすんなり受け入れられた。選択肢が多いのはいいことだ。恵まれた資質に、柔軟な思考。未来には可能性の海しか広がっていない。

順風満帆な人生が、この先も続いていくのだと信じて疑わなかった。

大学に入って間もなくして、祖父が腎臓を患っていることがわかった。

歳も歳だし、身体にがたがくるのは仕方ない、と本人は軽く言っていたけれど、目に見えて弱っていく祖父を見るのはつらかった。

特別おじいちゃん子という自覚はなかったけれど、同居はしていたし、家に帰ればいつも優しい笑顔で「おかえり」と迎えてくれるその存在は、自分にとっては当たり前で——だからこそ愛おしいものだったのだと、こんなときになって気づく。

入院から自宅療養に切り替わった時点で、家での祖父の面倒は、三池が率先的に見ようと決めた。両親が共働きで忙しいのもあるが、おそらく長くはない祖父との時間を、自分が大切にしたかったのが一番の理由だ。

やると決めたからには中途半端なことはしたくない。大学はきちんと通ったが、遊びの誘いはほとんど断った。その時間をどう使ったかといえば、健康にいい料理を勉強したり、家中を清潔に保つため掃除を徹底したり、昔から愛着のある服や小物を使い回すゆえ、綻びも多くでる祖父の持ち物の補修や裁縫をしたり――いわゆる主婦業だ。もともとの器用さもあいまって、学んで実践するほどに極めていったし、それが苦どころか楽しいとすら感じていた。

近況を話した友人には、「おまえがオカン業とかもったいないって！」なんて言われたが、三池はちっともそうは思わなかった。オカンてすごいんだぞ。スーパーマン、スーパーウーマンなんだぞ。限られた時間であらゆることをこなし、それが誰かの役に立つ。こんなに素晴らしいことがあるだろうか？　――なんて考えたとき、ふと昔祖父が口にした言葉を思い出した。

『自分の土台、人生にしっかり根を張れば、自身も、周囲をも支えられる』

並んだ碁石から連想された二枚の葉っぱ、双子葉類みたく、双葉にも立派になってほしいと。

昔はぴんとこなかったが、祖父が双葉という名前に込めた想いに沿えているのだとしたら、今の自分も悪くないと思える。むしろ気に入っている。

祖父は、三池のすることならなんだって喜んでくれたけど、やはり囲碁の相手をすると特別機嫌がよかった。三池は囲碁が好きでも嫌いでもなかったが、祖父に教わったり、付き合いでテレビの対局を見たり関連書を読むうち、それなりの知識はついた。

しかし三池のようになんでもそつなくこなす人間でも、囲碁はそう簡単にはいかない。センスはもちろんあるだろうけど、長年にわたり培った努力と研ぎ澄まされた精神力が必要な、なかなかに奥が深いゲームだ。伝統がありすぎて、ゲームというのもちょっとはばかられる。

そんな感想を祖父に話すと、「そうだろう、そうだろう」と楽しげに笑った。

「碁を打つ者はな、相手と対戦すると同時に、自分とも戦っているんだ。よりよい一手はないか、飽くなき探求心をもって、自身の碁を模索している——そんな必死な姿に、心打たれる」

なかでも阿久津春光棋士は最高だ、というのが祖父の口癖だった。

史上最年少で名人のタイトルを獲得したあと、天才の名をほしいままにした伝説の棋士・阿久津春光は、囲碁にあまり詳しくない人間でも知るレベルの有名人だ。祖父は彼の大ファンで、対局をチェックするのはもとより、掲載されている本や雑誌があればどんな小さな記事でも買い漁った。なんとファンレターまで書いていた。まるでアイドルの追っかけだ。

けれど病気が進行すると、そんな唯一の楽しみすら、自分の手で行うのが難しくなってきた。阿久津春光は忙しいだろうに、いちファンである祖父に毎度丁寧に返事をくれた。それが祖父にとって、どれほどの気力に繋がっていたか、そばで見ていた三池には痛いほどわかった。

手紙の代筆を買ってでたのは、それがきっかけだ。

不思議なことだが、祖父の気持ちを代弁しているだけなのに、三池自身も阿久津本人と交流しているような感覚を文通で味わえた。

阿久津はメディアで見るかぎり、無愛想な印象が強いのだが、手紙から感じる人柄はとてもあたたかい。祖父が言う彼の打つ碁の魅力はまだよくわからないけれど、彼の人となりを、三池はどんどんと好きになっていった。会ったこともないのにおかしな話だが。

祖父の言葉に、自分の気持ちをちょっとだけ添えて彼に送り、そして彼からの返事をふたりして心待ちにする。そんな時間がとても幸せで、愛おしくて——でも、長くは続かなかった。

まるで三池の大学卒業を待つようにして、桜が咲くころ、祖父は天国へ旅立った。

このときにはもう三池の進路は決まっていた。優秀だったので院に進むことや、大企業への就職も勧められたが、家政夫になろうという決意は変わらなかった。

昔からなにか目標があったわけではない。求められれば応えられる自信があっただけで。けれど祖父の世話をするうちに、自分からやりたいことができたのだ。

誰かの役に立ちたい。この手でできることはなんでもしたい。たとえささいな支えでも、その人や周りの笑顔に繋がるのなら本望だ。

こうして三池は生き甲斐とともに、世話焼きオカンの資質を開花させ、あっという間にひよこ家政婦派遣サービスのエースへと上り詰めたわけだ。

……が、まさか数年後、あの阿久津春光の家政夫を担当するなど、夢にも思っていなかった。

さらには彼と恋仲になり、永遠の愛を誓い合う間柄になろうだなんて。

(縁って不思議なもんだな……天国にいるじいちゃんも、今ごろ大騒ぎして見守ってるかも)

あの祖父ならきっと、男同士だからという理由で反対しない。むしろ双葉でかした！　とでも言いそうだ。

そんなことを考える三池の視線の先には、新築のマンションの部屋をじっくりと眺めている阿久津がいる。ただ今ふたりで住む家を絶賛探し中で、マンションの内覧ももう八回目だ。なかなかこれ、という物件に巡り会えず、時間だけが過ぎていく。早く一緒に暮らしたいのにもどかしい気持ちはあるが、妥協はせずに阿久津が心から落ち着く家を用意してあげたい。妹を想い、愛着のある生家を手放したこの人のために。

「どうです、阿久津さん」

ここまで案内してくれた不動産屋の男性従業員が客である三池たちに気を遣い、「私は営業車のほうにおりますので、ごゆっくりご覧ください」と言って部屋からいなくなったあと、三池は訊ねた。

広いリビングダイニングから、小上がりのように繋がっている和室に上がった阿久津が、うむと呟いて腰を下ろす。縞模様の羽織がふわりと広がって、鳥みたいできれいだ。

「悪くはない」

腕を組んで感想を述べる阿久津に、三池はふっと笑う。この言葉を聞くのも八度目だ。つまり、特別良くもないという意味。

その隣に腰掛け、「やっぱりダメですか」と三池は言った。

「きれいだし、広いし、申し分ないといえばそうなんだが……こう、あたたかみに欠けるのだ。古い家に何十年も暮らしてきたせいか、一朝一夕では出せない味を求めてしまうのかもしれん」

「染み出る味かぁ……そういうのは住み続けてこそ出るものですし、新築だと難しいかもしれませんね。中古で探してみます？」

「中古のマンションだと間取りに問題が……あと……寝室も」

寝室も、のところで阿久津の頬がわずかに染まったのを、三池は見逃さなかった。

言わんとしていることを理解して、楽しげに口角を上げる。

「それは重要な問題ですね。古い家の寝室だと、防音になってなくて……お隣さんに聞こえちゃうかもですしね？　……阿久津さんの可愛い喘ぎ声が」

耳元に口を寄せてわざと意味深に呟くと、阿久津がさらに赤くなってうがーと耳を掻いた。

「喘ぎ声なんて出してないぞ！」

「出してますよ。つか、出させてるし」

「あれは気合いだ！　きみと一戦交える際の、気合いのひと声だ！」

「ああ言えばこう言う天才ですねあなたは」

呆れ半分、感心半分――全部ひっくるめて可愛いと思うし、こんな楽しい人と一生をともにできる自分が幸せだとあらためて感じる。初めて本物の阿久津春光に会ったとき、手紙の印象と全然違ってショックをうけたこともあったが、今では阿久津のすべてを愛している。

尊敬すべき箇所も、扱いにくい性格だって、彼の魅力で三池にとっては溺愛のツボなのだ。

――そんなことを考えながら、きれいな阿久津の横顔を見ていたら不埒な気分になってきた。

「……不動産屋もごゆっくりって言ってましたし。ちょっとここで休憩がてら、一戦交えませんか？」

阿久津の肩に手をかけ、そのまま畳に押し倒す。三池に覆い被さられた阿久津は、眼鏡の奥の瞳をぎょっと見開いた。

「バ、バカかきみは！　なにを考えてるんだいったい」

「変人の阿久津さん可愛いな、とか？　今さらでしょ。……俺が四六時中あなたのこと考えてるなんて」

じたばた暴れる両手を押さえつけ、耳たぶを食んでやる。たったそれだけで力が抜けたように、阿久津はふにゃんとした顔になった。

「……や……」

「耳、弱い？」

「じゃなくて、だな……っ」

潤んだ瞳が三池を捉えようとする。

「……三池くんが俺を好いてくれていることなど、もう充分わかっているはずなんだが……それでも、きみに可愛いとか、俺のことを考えてるとか、そうやって愛を示されると……感動して、胸がいっぱいになるのだ……」

こっちも今さらだよな、と恥ずかしそうに呟く阿久津を三池は呆然と見つめた。

こっわ。天然色気可愛い爆弾、こっわ。

「不意打ちやめてくれません……？　心臓止まる……あと冗談のつもりだったのに勃っ……」

阿久津の肩先に顔をうずめ、はーっと長いため息をつく。むらっとしたとはいえここで一戦交えるというのは、さすがに阿久津をからかっただけなのだが、今の阿久津爆弾のせいでちょっと引けない状況になってきた。下半身が。結構まじで。

「心臓？　……俺と重なり合ってる部分からは、やたら早い鼓動を感じるから、すぐ止まる心配はないと思うが？」

阿久津はくそまじめな顔をして明後日な発言をする。

「それにきみのほうが若いんだから、長生きするだろ」

「そうとは限らないでしょ。ていうか阿久津さんのほうが絶対長生きすると思う。百歳になっても眼光鋭く碁石握りしめてそう」

「理想だな。そのときそばにいるのは、九十二歳の嫁か？」

「ちゃぶ台返しを阻止できる体力あるといいけど」

ずっと、ずうっと先の未来のこと。けれど夢物語じゃない、それが幸せだ。

「……俺がいないと阿久津さんはダメじいちゃんまっしぐらですからね。長生きして面倒見るって約束するので、とりあえず今担保ください」

「担保？」

「……抱くのは我慢するので、キスはいい？」

「もしかしてわりと切羽詰まってたのか」

「……若いんでね」

またいつぞやのように阿久津に青臭いひよこ扱いされたくないので、さっさと口を塞いだ。小さな唇を覆う形で吸って、やわらかさや甘さを存分に味わう。舌、入れてもいいかな……と考えていたら阿久津のほうからそろそろと伸ばしてきたので、喜んで応えることにした。迎えにきた舌を絡め取り、唾液が溢れるまで深い口づけに夢中になる。

——そんなとき、タイミング悪く三池のスマホが鳴った。ふたりしてびくっとなり、離れる。三池はジーンズのポケットからスマホを取り出して確認し、唸った。

「……すいません、電話です。実家から」

「い、いや、うん、気にせず出てくれ」

阿久津が畳から起き上がって衣服を整えながらもそもそ言う。

もうちょっと心地よいキスに浸っていたかったなとか、不動産屋が突然戻ってくるより電話でよかったじゃないかとか、いろんな思いが頭を巡る。たぶん、阿久津もそうだろう。

濡れた唇を拭いつつ、三池は電話に出た。

「もしもし。——うん、大丈夫、元気にやってる。……え？　ああ、そうなんだ……」

電話をかけてきたのは母で、意外な用件だった。

——おじいちゃんが亡くなって、双葉が家を出てから、この家にお父さんとお母さんふたり暮らしでしょ？　古い家を維持するのも大変だし、年配ふたりならマンションで充分だから、この家を売って引っ越そうと思うの。

「——ていう報告でした。……そっか、俺の実家なくなるのか」

三分ほどで母との通話を終え、その内容を阿久津に説明する。

父母の事情はよく理解できるし、反対する気はまったくない。けれども、生まれ育った家が——祖父との思い出が詰まった場所がなくなるんだと考えると、やはり喪失感というか、淋しさは拭えなかった。

すると、三池の顔をじっと見つめながら、眉間に皺を寄せなにやら考え込んでいた阿久津が、なあと口を開いた。

「その売りに出す予定のご実家というのは、都内にあるのか。きみの職場からは遠いのか」

「一応都内ですけど、二十三区外ですよ。町田です。職場からは、通えなくはない距離ですけど。でもなんで？」

「町田か……ありだな」

「阿久津さん？」

「なあ、そのご実家、俺たちが買わせていただいて、住んではいけないだろうか？」

思ってもみなかった阿久津の提案に、三池は目を丸くした。

「俺たちが住むんですか？　え、でも古い一軒家ですよ。今まで内覧してきたような、きれいなマンションとは全然違いますし。母が言っていたように、維持もだけど補修しなきゃいけない部分も結構あって、めんどくさいですよ」

「リフォームして、これから俺たちが暮らしやすい家に変えていけばいいだけだ。というか、それができるって部分が最高だと思うんだが？　きれいで出来上がっているマンションより、俺たちのスタイルに合わせて手を加えられる家のほうがよほど素敵だ。求めていた味もある」

なにより、と阿久津が微笑む。

「きみと、浩之さんの思い出が詰まっている家というところに――俺は惹かれた。浩之さんは生前ずっと俺を応援し続けてくれていた、心の友と言える、大切な存在だ。その浩之さんの孫であるきみはむろん。ふたりの大事な人と、思い出を、両方守って暮らしていける。俺にとっては夢のような家だよ」

もちろん、きみのご両親の承諾をいただけたらだが——と付け加える。

阿久津の言葉に、そこに込められた想いに、三池はたまらなく胸が熱くなった。

なんて強くて優しい人なんだろう。これ以上好きになりようがないのに、際限なく阿久津への愛が深まっていく。その身体をぎゅっと抱きしめて、三池は潤んでいるだろう瞳を隠した。

「……ありがとうございます。俺も、そうしたい」

「俺も一緒にご両親に話すからな。そうだ、浩之さんの墓前にもご挨拶にいかねば。大切なお孫さんと、もしかしたらお家も、お預かりすることになるのだから」

「本格的に嫁入りですね」

笑う三池の肩に腕を回し、阿久津が言う。

「……早く、嫁の名前を自然に呼べるようになりたいものだ。双葉くん。いい名だよな。ずっと思ってたんだが、碁石がふたつ並んでる光景って、二枚の葉っぱみたいだろう。まさしく双葉——俺の大好きな」

阿久津さんてほんと囲碁バカ——という言葉も出てこない。

驚くやら、嬉しいやら、信じられないやら。三池は溢れる感情を阿久津を抱く力に変えた。

じいちゃん。

やっぱり阿久津春光は、最高で最強に、素敵な人です。

この本を読んでのご意見、ご感想などをお寄せください。
椿姫せいら先生・コウキ。先生へのはげましのおたよりもお待ちしております。

〒113-0024 東京都文京区西片2-19-18 新書館
[編集部へのご意見・ご感想] ディアプラス編集部「ひと恋、手合わせ願います」係
[先生方へのおたより] ディアプラス編集部気付 〇〇先生

- 初出 -
ひと恋、手合わせ願います：小説DEAR+20年ナツ号（Vol.78）
きみへ、最愛の一手を捧ぐ：書き下ろし
三池双葉という男：書き下ろし

[ひとこい、てあわせねがいます]
ひと恋、手合わせ願います

著者：**椿姫せいら** つばき・せいら

初版発行：2021年9月25日

発行所：株式会社 新書館
[編集] 〒113-0024
東京都文京区西片2-19-18 電話（03）3811-2631
[営業] 〒174-0043
東京都板橋区坂下1-22-14 電話（03）5970-3840
[URL] https://www.shinshokan.co.jp/

印刷・製本：株式会社 光邦

ISBN978-4-403-52538-4